河出文庫

海の仙人・雉始雊《きじはじめてなく》

絲山秋子

河出書房新社

目次

海の仙人・雉始雊《きじはじめてなく》

海の仙人

（一）

　ファンタジーがやって来たのは春の終わりだった。その気配、その存在感はもっと前から感じていたのだが、河野《こうの》勝男《かつお》が初めて言葉を交したのは、水晶浜でその年初めて泳いだ日のことだった。敦賀《つるが》半島の西側に五〇〇メートルにわたって広がる明るいベージュの砂浜は、夜間の干満《かんまん》でまっさらに洗い上げられていた。

　河野はいつも通り早朝にやって来て、オレンジ色のダットサン・ピックアップを浜まで乗り入れると、荷台に積んであった砂をぶちまけ、空になった荷台に朝日を反射してきらきら光る新しい砂をスコップで積んだ。そのうち体が熱くなってきたので緑のギンガムチェックのシャツを脱いでまるめて運転席に投げ込み、ジーンズも脱ぐと海パン一枚になった。汗が浮かんだ背中や、筋肉のついた腿《もも》に砂粒がくっついたが彼はわき目もふらずに砂を投げ続けた。ピックアップの荷台が砂で一杯になると彼は作業をやめ、ゆっくりと海に入っていった。波打ち際《ぎわ》の明るい碧《あお》の海は、一枚の布のように端の方から順々に立ち上がり、ゆるいカーブの壁を作って足にぶつかると、諦《あきら》めたように白く砕けて引き返した。

透き通った水は徐々に深くなった。胸までつかると彼は汗ばんだ体のあちこちを快く刺す水の感触を楽しんだ。それから抜き手を切って沖まで出ると立ち泳ぎになって、黄色っぽい岩場の向こうに建つ美浜原電の眠そうな姿を見ていたが、やがて蹴伸《けの》びの強さを意識しながら平泳ぎで浜に戻った。

ファンタジーが河野の前に姿を現《あらわ》したのはその時だった。白いローブを着た、四十がらみの男の姿で河野の目の前に立った。砂の上に足跡はなかった。色の褪《あ》せた金髪といい、灰色の目といい、とても日本人には見えなかったがふつうに日本語を操《あやつ》った。

「まだ水は冷たいだろう」ファンタジーは言った。

河野は何もないところから男が現れたので少し面食らったが、

「冷たいくらいが好きなんや」

と、答えた。それからまっすぐに男を見つめると言った。

「ファンタジーか」

「いかにも、俺様はファンタジーだ」

「何しに来た」

「居候《いそうろう》に来た、別に悪さはしない」

「なんで僕のところに」

　ふふふとファンタジーが笑ったので河野は眉《まゆ》をひそめた。ピックアップに戻ってタオルを取りだし、体を拭《ふ》いているとファンタジーはさっさと助手席のドアを開けて座ってしまった。河野はギンガムチェックのシャツをはたいて、ファンタジーの顔を横目で見た。するとファンタジーは運転席側に身を乗りだしてエンジンをかけた。カーステレオからシド・バレットの「ジゴロおばさん」が流れた。

「なんというセンスだ」

　ファンタジーの呆《あき》れた声が聞こえたが、河野は黙って濡《ぬ》れた海水パンツの上からタオルを巻くと運転席に上がり車を発進させた。白いローブと腰タオルの男二人を乗せたピックアップは海沿いの道をゆっくりと走り出した。

「貴様、名前は?」ファンタジーが言った。

　河野はファンタジーに一瞥《いちべつ》をくれた。

「僕のことを知っとって来たわけちゃうの？」

「地上には六十億もの人類がいるのだぞ。いちいちチェックなぞしてられるか」

「そうか、僕は河野勝男っていうんやけど……」

「その言葉は大阪弁だな」

「うん、生まれは大阪で育ちは京都や、その後東京で働いてた」

「そうか、今はなにを？」

「何もしてへん」

「何も？」

河野は前を向いたまま頷《うなず》いた。車は国道二七号の長いトンネルを抜けて住宅の建ち並ぶ敦賀市内に入った。時刻は午前八時を過ぎたばかりだった。

「あんたこそ何してはるの？」

「俺か、俺は大したことないぞ。大体、神というものは何もしないものだ」

「神さん？」

河野が聞き返すとファンタジーは憮然《ぶぜん》とした面持ちで言った。

「親戚《しんせき》のようなものだ、中でも俺様は一番できが悪い」

「ありがたいけど、僕には何も願いはないよ」河野は言った。

「このままそっとしておいて欲しいだけや」

「俺様はそんな都合のいい神ではないぞ。奇跡だってあまり上手《うま》くない。せいぜいが、孤独な者と語り合うくらいだ。トキとか、その前はニホンオオカミだったな」

「僕も絶滅系か」

「俺様のことはやじ馬だと思ってくれたまえ。よくいるだろう、新橋の焼鳥屋とかモンマルトルのカフェとかブダペストの下町なんかに」

ファンタジーはそう言ったが、新橋の焼鳥屋と敦賀の海辺とを一緒にされてもまるで説得力はなかった。

「さあ……でもやじ馬が面白がるようなことは何もないで、僕には」

「それは俺様が見て決めるさ」

「嫌やって言うたら？」

「それも俺様次第だ。居残ることもあれば、消えることもある。なにしろ俺様は気まぐれだからな」

河野は軽いため息をついた。

「心配するな、貴様のことはしばらく観察していてやっと現れたのだ、そう簡単には消えないぞ」ファンタジーは言った。

「なにか気配は感じてたよ。下手くそやな」

「うむ。なんとでも言え」

河野が笑いをこらえている間に車は坂を駆け上がり、彼の家に着いた。

家は古い造りの平屋だった。河野は庭先に強引にピックアップを寄せると、掃きだし窓を外した。部屋の床にはあたりの柔らかい特殊なタイルが貼《は》られていた。河野はそこにピックアップの荷台いっぱいの砂を流し込んだ。スコップで、小山になっているのをならして、砂を部屋に敷き詰めていく。ファンタジーがあっけにとられているうちに、河野は廊下に積み上げてあった丸テーブルと椅子《いす》二脚と、デッキチェアを並べ、ようやくリビングらしいものができ上がった。

「入れ替えせんとな、衛生的にようないねん」

河野は台所で手を洗うと缶ビールを持ってきてすすめた。ファンタジーはデッキチェアに腰を下ろして、窓の外の遠い海を見ながらビールを飲んだ。河野は立ったままビールを飲んだ。

「これで貴様の一日は終わりか?」ファンタジーが言った。

「いいや、僕の一日は長いよ」河野は答えた。

「予定でもあるのか？」

「釣り。釣れたら料理、洗車。そんなとこかな」

「釣りが仕事か」

「仕事言うたら、一応アパートを二軒持ってるわ」

「それが仕事か」

「田舎やし、ぶらぶらしてると人目がうるさいやんか。せやけどアパートの上がりはみんな秘密で寄付してしまうんや」

河野は銀行に振り込まれる家賃がまとまった額になると、フォスター・プランに寄付していた。貧しい地域の子供たちを支援するというのが、自分の考えに一番合っていると思ったからだった。

「ひょっとすると貴様は大金持ちなのか」

「そうや」

河野が答えるとファンタジーは笑った。こんこんと湯が湧《わ》きだすような笑いだった。河野はその笑い方が気に入った。そう簡単に嫌いになれる相手ではなさそうだった。

「昼飯はお好み焼きでええか？」

キッチンから河野が声をかけた。前から気配を感じていたせいか、ファンタジーが家にいることに何の違和感もなかった。人間ではないからだろう、と河野は思った。キッチンの狭いテーブルの上にホットプレートを置いて、河野は慣れた手つきで二種類の生地を円《まる》く焼き、残りをさっと炒《いた》めた焼きそばの上にかぶせるように広げた。

「女はいるのか」

ぷつぷつと生地に泡が浮かんでくるのを見ながらファンタジーは言った。

「女か……おらんな」

「ずっとこんな生活をするのか」

「ファンタジーにそんなこと聞かれるとは心外やな」

河野は少し笑ったが、それからまじめな顔をしてお好み焼きを次々とひっくり返し、ハケでソースを塗りながら話しはじめた。

四年前の一月、銀座でデパートの店員をしていた二十九歳の河野は、会社の寮の部屋で通帳を見ながら呆然《ぼうぜん》と寝転んでいた。真新しい通帳には三億円の数字が刻まれている。宝くじに当たったのだ。

何に使おうか、彼は迷った。彼には高級住宅街に住む理由がなかった。豪華客船に乗りたいと言う恋人もいなかった。車は去年ピックアップトラックを買ったばかりだった。独立して何かの会社を起こす気もなかった。つまり、彼にはやりたいことが何もなかった。いっそのこと全《すべ》てを途上国に寄付してしまおうかとも考えた。三億円あればずいぶん貢献することができるだろう。しかしそれで自分は本当に満足できるのだろうか。彼はデパートの同期で総務課にいる片桐《かたぎり》という女に相談した。彼女は迷わず、自分のために使え、と言った。そして誰にも話したらいけない、とくどいほど念を押した。

会社をやめよう、と彼は思った。東京はもうたくさんだった。店員という商売にも飽き飽きしていた。といって実家のある大阪に帰るつもりもなかった。どこか田舎で何もせずにひっそりと暮らしたかった。両親はさして反対もしなかったが、八歳年上の兄だけは、なにも勤めをやめることはないだろうと言った。一人前の人間というのは仕事をするものだというのが兄の考えだった。だが、河野は聞く耳をもたなかった。

河野は、片桐に退職届の用紙を貰《もら》って書き込んだ。退職理由の欄には、「一身上の都合」と書いた。さらに理由を知りたがる同僚には「家庭の事情」の一点張りで会社をやめた。

それから河野はピックアップで旅に出た。東北を一周し、北陸から山陰へと走った。

九州に渡っていくつかの海に近い城下町を見てから引き返して瀬戸内をまわった。最後に彼は敦賀に戻ってきて、空き家になっていた古い家を買い取って一人暮らしを始めた。

ファンタジーは初めて食べるお好み焼きがすっかり気に入った様子だった。

「ほうほう、うまいな。こっちはなんだ」

「モダン焼きや」

「焼きそばと一緒に焼くのがモダンなのか」

「由来までは知らんけど、いつも一個はモダンにしてるよ」

河野はオカヤドカリを台所で飼っていた。ちょうど手のひらに乗るくらいの大きさで、何度か脱皮して今は白い巻き貝を背負っている。いつもの習慣で少し残したお好み焼きをケージの中に入れてやるとオカヤドカリが小さな岩の陰から出てきて食べ始めた。

「こいつと喋《しゃべ》れるか？」

河野が聞くと、ファンタジーは甲殻類は苦手なのだと白状した。

午後から河野は堤防釣りに出かけたが釣果《ちょうか》はなかった。彼が戻ってきて庭先で洗車しているとファンタジーがせっついた。

「晩飯はどうする？」

「今日は外で食べよか、歓迎会したるわ」

河野はさっとシャワーを浴びてサックスブルーのポロシャツに着替えると、ファンタジーにも風呂《ふろ》をすすめ、服を貸してやると言った。それまでファンタジーはずっと白いローブのままだったのだ。ファンタジーは四畳半の押し入れの中から赤いアロハとベージュの短パンという組み合わせを、楽しそうに選び出した。

「尤《もつと》も、服を着たところで、俺様は見えない人間には見えないのだが」

「それも難儀やな」

と河野は答えたがどんな人間にはファンタジーが見えないのかを深く考えることはなかった。それから二人は出掛けた。まだ外は明るかった。

二人が気比《けひ》神宮を背にして信号を待っていたとき、三菱《みつびし》ジープがややタイミング遅れに左折して来た。

「飛び出せ！」ファンタジーが叫んだ。

河野はぼうっとしていた。

「あ？」

「いま、お前さんの運命の女が走ってきたのだ。ぶつかれば縁になったのに」

「アホか」

ファンタジーは肩をすくめた。

「いい女だ。だが運命は国道八号線に消えた」

「僕には縁がないんや、心配するだけ無駄やで」

そう言いながら河野はジープの運転席を思い出そうとした。が、幌《ほろ》をたたみ、フロントウィンドウを倒したジープのカーキ色の車体がやっとだった。男か女かさえ、見ていなかった。


人通りの少ない敦賀駅前の大アーケードから少し入ったところにある「うみうし」は、そこそこ気のきいた居酒屋だった。普段魚ばかり食べている河野は焼鳥や煮物を選び、ファンタジーは甘エビやおこぜの唐揚を頼んだ。

「静かな街だな、ここは」

「ああ」

「道が広いせいか?」

「さびしいとこやろ、せやけど昔は敦賀県という県があったくらいなんやで」

河野は得意げに言った。彼は敦賀を愛していた。港の赤レンガ倉庫のあたりを歩くのは悪くなかったし、静謐《せいひつ》な気比神宮も気に入っていた。敦賀半島の先端にある立石灯台に息をはずませて登るのも楽しみだった。なによりいいのは海だった。街のどこにいても、海の気配が感じられた。好きな街に住むという幸せを、彼はここに来て初めて知った。

店ではほかに外国人が三人で飲んでいた。

「ポルトガル語だな」

「ブラジルの人やと思う、原発で働いてはるんやろ」

「この辺りは原発銀座だったな」

「そうや。僕とこのアパートも、原発の人ばっかりや」

それから河野は勤めていたデパートの話をした。酒癖の悪い上司や、気の強い同期のことなどをぽつぽつと喋ってはファンタジーを笑わせた。

やがて沈黙が訪れると、河野はふっと顔色を曇らせて言った。

「でもなあ、僕がする話って、みんな過去のことやねん。会社やめてから、時間がたてばたつ程な、ほんまに自分が生きてるんか、て思うことあるわ」

「経験だけが生きている証拠ではなかろう。お前さんが過去にしか生きていないと言うのなら、それは未来に対する冒瀆《ぼうとく》というものだ」

家に帰ると、砂浜の部屋の窓からは遠くイカ釣り船の灯が見えた。部屋の照明も船のものを使っていた。壁には青い、厚みのあるガラスのデッキライトがつけられ、テーブルの上には四面灯のランタンが置かれた。砂の色は昼間と違って黒ずんで見えた。

「幻想的だ、俺様が休むにふさわしい」

ファンタジーはそう言って、白い布で出来た一人用テントをどこからともなく取りだすと、砂の上に置いてその中に入った。どういう仕組みになっているのか、ファンタジーが入るとテントの中に弱いだいだい色の灯がぽっと灯《とも》った。

河野はしばらくそれを見ていたが、やがて部屋のあかりを消すと、寝室にしている四畳半に行って布団《ふとん》を敷いた。この家に人が来るのはいつ以来のことだろうかと考えているうちに眠りが訪れた。

（二）

梅雨が明けて夏の日差しが敦賀半島に降り注いでいた。河野は車を浦底《うらぞこ》に向けた。

浦底は、敦賀半島の東側に位置する漁港で、河野の家からは車で三十分程だった。出かける時ファンタジーはいなかった。河野は手間のかからない居候《いそうろう》のことをあまり深く考えないようになっていた。

彼は県道から鋭角に入る狭い下り坂を漁港に向けて一気に降《くだ》り、村井豊の家の前に車を停めた。

「こんちは、じいさん、おるけえ?」

玄関の引き戸を開けて大きな声を出すと、同居している息子の嫁が顔を出した。

「今日はおじいちゃん病院よ、もうすぐ帰るけど」

「病院の日でしたか、ほな港で待ってます」

「お上がりになればいいのに」

河野は愛想よく断って港に行った。村井の帰りが遅ければ手ノ浦まで戻って浜で泳いでもいいなと思った。村井はバスの運転手だったが二年前に引退した。妻を亡《な》くして息子夫婦と同居している。河野とはなじみの釣具屋で知りあった。二人とも無口だったが最初から妙にウマが合って、一緒に釣りに行くようになった。村井は海釣り用に豊進丸という小さな船を一隻《せき》持っていて、毎日のように海に出ていた。彼は河野のことを親戚《しんせき》の子供かなにかのように「かっちゃん」と呼び、舟釣りのテクニックを教え込んだ。月に一度、敦賀駅のそばの病院に行ったが、どこが悪いということもなく、血液検査をして高血圧の薬をもらうだけだった。

河野は港にピックアップを停めて道具類をざっと点検した。釣果があれば七輪で焼いて食べるつもりだった。その時、カーキ色の三菱ジープが停まっているのに気づいた。車のそばに佇《たたず》んでいるのは見覚えのない女だった。珍しく河野はよそ者に声をかける気になった。

「こんにちは」

河野はその場から声をかけた。近寄ったら警戒されるのではないかと思ったからだ。

「こんにちは」

女は振り向くと少し眩《まぶ》しそうに眼を細め、はにかむような笑みを浮かべながら答えた。

同世代か、少し上だろうか。女は麻のサブリナパンツにラベンダー色のシャツを着ていた。水島に行くつもりなのか、中に水着を着ているのがうっすら透けている。無駄な肉のない筋肉質の体型にシャツが似合っていた。彼女の姿は河野の目に快く、彼はずっと彼女を眺めていたいと思った。やや切れ長の目にべっ甲の重たそうな眼鏡をかけていたが顔立ちは優しそうで、髪はきっちり後ろにまとめてある。学校の先生みたいな人やな、と河野は思った。

「定期船はまだ出てないですよ」河野は言った。

「そうみたいですね、水島に行きたくて岐阜から来たんです。でも船はないよって言われて。どうしようかなって」

そう言うと海の方を振り返って松林の濃い緑に彩《いろど》られた細長い、白い砂の島を見た。

「一人で？」

「ええ」彼女はその質問には慣れているといった顔をした。

「会社が火、水休みなんです。だから遊びに行くのはいつも一人なの」

「僕も水島に行くつもりなんです。もうすぐ知りあいのじいさんが船を出してくれます。よかったら乗っていきませんか？」

それは出まかせだったが、村井が断るとも思えなかった。

「いいんですか？」表情がぱっと明るくなった。

「じいさんに聞くまでもないです、いいに決まってますよ」

「あの……お礼はどうしたら……」

「いりませんよ」と、一度言ってから河野は言い直した。

「でも、もしその方が気が済むんやったら、缶ビールの二、三本でもじいさんにあげてください」

彼女は頷《うなず》いた。

「あと、僕は水島で簡単なバーベキューでもしようかと思うんです。よかったらどうですか……」

まるでナンパやな、と河野は心の中で苦笑した。考えるより先に言葉の方が出てきてしまう。無口な彼にしては珍しいことだった。彼女は「お邪魔になりませんか？」と嬉《うれ》しそうに言い、河野は「邪魔だなんてとんでもない」と言う。「じゃ、ビール買ってきましょうか」と彼女は言い、どんどん話が進んでいく。河野は照れ臭さで身体《からだ》がほてるような思いをしながら浦底に一軒しかないよろず屋に彼女を案内した。よろず屋の倅《せがれ》は退屈そうに店番をしていた。

「かっちゃんの友達？」

「うん、そうそう。岐阜から来てくれはった」

河野が言うと倅は彼女のことを上から下まで見回した。

「珍しいな、かっちゃんが女の人連れてくるなんて」

「そうでもないやろ」

彼女が笑みをたやさないので河野はほっとした。ビールの袋を持って店を出ると、彼女は駆け寄るようにして、

「あの、私、中村です。中村かりん」と言った。

かりん、というのはひらがなだろうか、それとも漢字があるのだろうか。河野はその涼やかな、歌うような名を呟《つぶや》いてみたいと思った。

「僕は河野勝男です、さっき思ったんやけど、女の人でジープってすごい、かっこいいですね」

「かっこいいでしょ」かりんは笑った。「遅いし、うるさいけど、フロントウィンドウを倒せるからふつうのオープンとは全然違うの。あなたの車は、日産？」

「ああそう、ダットサンのピックアップ。中村さんは前にもオープンに乗ってはったんですか？」

「ううん、四駆ばっかりなの。大きな車が好きなんです……」

村井が港に姿を現したのは一時間後のことで、それまでに二人はすっかり打ち解けてしまっていた。

「村井さん、友達の中村さんや」

と河野が言うと村井は、

「珍しいな、かっちゃんが女の人連れてくるなんて」

とよろず屋の倅と同じことを言って、豊進丸に二人を乗せると舵《かじ》をとった。船が音をたてて海に出ると、水島はすぐだった。橋を渡せる距離だと河野は思った。だが橋を渡したらこの美しい島はあっという間に都会の人間と車に埋め尽くされて汚れてしまうだろう。村井は頼まれもしないのにかりんの手をひいて島の船着き場に降りた。河野がうしろでにやにやしていると、村井も口の端だけあげて答えた。

船着き場に立ってかりんは言った。

「ここが水島なのね」

「どう？　外から見るのと違う？」

「全然違う……思ってたよりずっとすてき」

村井は得意気な顔をした。水島を褒められると浦底の人は皆、自慢の庭を褒められたような顔をするのだ。

「帰りは何時や？」村井が言った。

「四時半、じゃ遅い？」河野は言いかけてかりんの方を見た。

「ううん、四時半で、お願いします」かりんは言った。

河野はこの初対面の女性と四時半まで小さな無人島で二人きりで過ごすということを思って落ち着かなくなった。なんとなく、村井がいてくれるような気がしていたのだ。しかし中村かりんは少しも臆《おく》することがないようだった。

遠浅の海で軽く泳いだ後、河野とかりんは波打ち際《ぎわ》で足を海にひたしながら本の話をした。立ち入った話がはばかられたので河野が、本は好きですかと聞いたのだった。

「子供の頃、読書魔だったの」かりんは言った。

「そうなんや。どんなのが好きやったの?」

「一番好きなのはドリトル先生、あとはアーサー・ランサムのツバメ号とか。でもなんでも読んだわ。家も学校もつまらなくて、本に逃避してたの」

「逃避か……僕もそういうとこあったかもしれない。僕は宮沢賢治が好きやった。『セロ弾きのゴーシュ』とか」

「『よだかの星』の、おまえはこれから『市蔵』と名乗れと言われたところとか、悲しかったよね」

「『よだかの星』は泣いたな、あんな悲しい話を子供に読ませてええんかいな」

「今は？　どんな本を読むの？」

「僕は安部公房《あべこうぼう》が好きや。図書館で一冊ずつ借りてきて読んでる」

「私は歴史物が好き。司馬遼太郎《しばりょうたろう》とか、読み始めたらとまらない」

「とまらへんなあ、ほんまに気ぃついたら朝になってるもんなあ」

「本たくさん持ってるの？」

「そんなに持ってへんよ。殆《ほとん》ど売ったり実家に置いてきたりやから。僕の家にはそもそも物が少ないしな」

「一人暮らし？」

「ああ。古くて狭い家やけどな」

河野は今度来てください、と言おうと思ったが言えなかった。

かりんが言い出さなかったら河野はバーベキューをするのを忘れるところだった。イワシかアジでも買ってくれれば良かったと言い訳しながら河野は手早く七輪に火をおこし、ピーマンとエリンギと厚切りのカナディアンベーコンを焼いた。ジャムの空瓶に入った自家製のソースはよく出来ていた。主食は夏でも餅《もち》だった。携帯に便利だし、腹持ちがいいので河野にとっては当たり前のことだったが、かりんは餅をソースにつけて食べるのを変わっていると言って喜んだ。

「ねえ、子供の頃、なんて呼ばれてたか教えて」かりんが言う。

「いやなこと聞くな」

河野は笑った。それは彼の苦手な話ではなかった。

「聞きたい！　教えて」かりんははしゃいだ声をあげた。

「小学校の時、雷に当たったたんや。信じるか？　信じひんかったらこの話やめ」

「信じる信じる」

かりんは河野の顔をじっと見つめた。

「僕な、園芸部やってん。かっこわるいやろ」

もう、かりんは笑い出していた。

「まだ笑うとこちゃう。急に空が暗くなって雨降りそうやったから、植木鉢を雨の当たらんとこに入れなあかんかったんや」

「うん、うん」

「そんでな。片手に傘持ってたんやけど、風も強うなってきたんやわ。傘が風に煽《あお》られて手から離れた、傘が飛ぶのを見た、と、思う。それだけや」

「それだけって？」

「気ぃついたら、病院。みんなは僕の身体に火柱が走るのを見たらしい」

「ほんと？　大丈夫だったの？」

「何ともなかった。けどあんとき傘が手え離れなんだら僕は死んどったわ。そんで」

「それで？」

「次の日学校行ったら僕のあだ名は『イナズマン』になってた」

かりんがねらい通り笑うのを見て河野は心底ほっとした。

「イナズマンやけど、雷は怖いんや、めっちゃ怖いんや」


「自分のあだ名は？　どうなん？」

河野が聞いた。

「部長」

「えっ？」

「中学の頃からずっと『部長』って言われてるの、今でも」

河野は笑った。

「僕かて最初先生みたいな人やなって思ったもの。部長がぴったりやな」

「なんだか色気ないでしょ。それでいま、課長をしてるんだけど、あだ名が『部長』だったって言ったらみんなが私のこと部長って呼ぶようになっちゃったの。紛《まぎ》らわしくて仕方ないわ」

「課長さん？　すごいな」

かりんはサニーサイドホームで設計課長をしていると言った。河野でも名前を知っている輸入住宅の会社だった。

「僕も部長って呼んでええかな」

「いやです。休みの日まで部長だなんて」

暑くなると、二人は泳いだ。水は波の向こうが透けてみえるほど透明で、ひんやりと身体を包んだ。日が射《さ》すと、光の編み目模様が海底に映り、それが波の裏側に反射して、青い稲妻のように砕けた。海の色合いは陸から見るのと泳ぎながら見るのとでは違っていた。珊瑚礁《さんごしょう》の海の鮮やかさとは違う、砂地の海のまろやかな深みのある色調だった。

河野は手足を強く伸ばして泳ぎ、かりんはシュノーケルをつけてゆっくりすすんだ。水の中ではずむような自分の呼気の音を聞きながら、河野は心の底から喜びが湧《わ》いてくるのを感じた。それは彼が長いこと感じていなかった喜びだった。

四時半になると村井が迎えに来た。河野がかりんに、

「聴かせたいもんがあんねん。歌う犬。これが五時にしか歌ってくれへん」と言った。

「かっちゃんは変なものを面白がるな」村井はぼそりと笑った。

浦底の港で村井と別れると、停めてあったピックアップの荷台からファンタジーが降りてきた。

「ファンタジー！」かりんが叫んだ。

「なんで？　ファンタジーのこと知ってるの？」

河野は驚いてかりんを見つめた。かりんはにっこり笑って頷《うなず》いた。そのとき、河野の心を、一抹の悲しみに似た気分が横切った。大事な秘密を打ち明ける前に知られてしまった気分だった。

「ファンタジーと実際に会うのははじめてだけど、でも前から知ってるような気がしたの」

「河野も最初はそんなことを言ってたぞ。水島は楽しかったか？」ファンタジーが言った。

「すっごい楽しかった」とかりんが答えた。

五時になると、浦底で予定通り犬が歌った。洋犬の血が入っているらしい大きな犬で、五時のチャイムに合わせてとてつもない調子外れの声で吠《ほ》えた。

「サイレンとか鳴ると犬って鳴くわね」

「いや、こいつは歌っとんねん。見てみ。この気持ちよさそうな顔」

犬の歌が終わると二人は笑いながらそれぞれの車に戻った。河野が振り返るとファンタジーは犬と喋《しゃべ》っていたがいつの間にか追いついてきてジープの助手席に座っていた。二台の車は浦底を後にした。

市街地へと走るうちに夕闇《ゆうやみ》が来て、前を走る河野の車のルームミラーから後ろのジープのかりんの表情が見えなくなった。出会ったばかりの彼女と別れるのが残念だった。かりんの全《すべ》てが好ましく思えた。家に連れて帰りたいと思った。だがさすがにそこまでは言いかねて、路肩で一度車を停めると八号線沿いのロイヤルホストに誘った。ファンタジーの好物のカレーを食べながら、二週間後の約束が出来た。彼はオカヤドカリの話をした。

「リンゴが好きで、雨がこわいんや」

河野が言うと、彼女は笑顔を見せた。

「そんな詩みたいな暮らしがしてみたいわ」

「ぜひ、来てみてくれたまえ」ファンタジーが言った。

携帯の番号を交換すると、二人は駐車場で握手して別れた。河野は自分の手が汗っぽかったことを気にした。

（三）

片桐妙子《たえこ》はデパートに入社して以来ずっと総務部に勤務していた。河野は同期の中で一番彼女と仲がよかったが、女らしいと思ったことは一度もなかった。会社をやめて以来東京には行ってないから、四年以上会っていないことになる。それが盆明けに突然電話をかけてきて、敦賀に行くから泊めてくれ、と言う。

片桐は河野のことをイタリアの卑語でカッツォ・コーノと呼んでいたが、「イナズマン」よりはましだと彼は思っていた。

待ち合わせ場所の市役所の駐車場で河野があたりを見回していると、

「どっこに目ェつけてんだよ！　カッツォ！」

と、聞き覚えのあるだみ声とクラクションの音がして、振り向くとサングラスをした女が真っ赤なアルファロメオGTVの窓から上半身を乗り出して、手を振っていた。

「おう、片桐、相変わらず、柄悪いなあ」河野が言うと、

「カッツォも相変わらずさえないなあ」と、片桐は大きな声で答えた。

「なんで、こんなええ車乗ってんの？」

河野はGTVの四つの目玉の真ん中を指さして言った。

「ま、あたしのステイタスって感じ？」片桐はそう言って笑った。

まだ日は高かったが、片桐が休みたいと言うので河野はどこにも寄らずに家に帰ることにした。ピックアップの後ろにアルファを停めて家に上がるなり、片桐はビールを要求した。プルタブを開けながら、リビングのドアを足で開け、

「すっげえ部屋だなあ。いい。カッツォらしいや」と、笑った。

そのときデッキチェアにはファンタジーが座っていたのだが、片桐は目もくれずに細身のジーンズのまま砂の床にあぐらをかいた。左手にビールを持ち、右手で明るいオークルの砂岩と、曇りガラスのような花崗岩《かこうがん》の混じった粗い砂をいじくりながら彼女は言った。

「うん、なんか安心した、ここ来てよかった」

ファンタジーは片桐のことをじろじろ見たが、片桐に思い当たるフシはないようだった。

「で？　あなたは誰」彼女は聞いた。

「うむ。ファンタジー、とでも呼べばよい。居候《いそうろう》だ」

「三杯目にはそっと出しってやつね、よろしく、あたしは片桐」

河野がビールのつまみにクラッカーとクリームチーズを持ってくると、足を投げ出して壁に寄りかかっていた片桐が言った。

「カッツォさあ」

「え」

「ここの床って、砂だけじゃなくてなんか、ふわふわしない？」

「よう判《わか》ったな、砂の下に表面がゲルになってるタイルを敷いてるんや」

「ゲル？　タイルなのに？」

「障害者の風呂用に開発したタイルらしいよ、左官屋のおっさんが取り寄せてくれた。これでも少しは金かけてるんやで」

片桐は立ち上がって家の中の探検に出かけた。

「どこで寝てるの？」

「こっち、四畳半」

「奥はなんの部屋？」

「物置や。ストーブとか本とか」

「わりとキレイじゃん」

片桐は戻ってくると言った。

「ねえ、テレビないの？」

「持ってへんよ」

「新聞は？」

「昔とったことがあるけどな、やめてしもたんや」

「じゃ、ラジオが情報源？」

「せやな。あとインターネットだけはあるわ。ニュースは大抵それで見てるよ」

「信じらんないな、こんな田舎でテレビもないなんて」

片桐は呆《あき》れたように言ってビールをぐいぐいあけた。

「でもエアコンは使うで。洗濯機もあるで。文明人やろ」

河野は次のビールを冷蔵庫から出して二人に渡しながら言った。

「電気は敦賀名物だからな」ファンタジーが欠伸《あくび》をしながら言った。

有り合わせといいながら河野は、コゾクラの刺身とカワハギの肝和《きもあ》え、シチリア風イカ飯、ニース風サラダなどをテーブルに並べた。片桐はお土産に持ってきたシャブリの瓶を膝《ひざ》に挟んで豪快に抜いた。それからむさぼるように刺身と肝和えを食べて「んまい！」と叫びなぜか上を向いて笑った。

「いくつになっても野蛮な女やな」

「ワイルドとお言い」

「大体なんで敦賀に来たん？」

「リフレッシュ休暇っていうのが出来てね、十年働くと会社が休めって、一週間休みをくれるのさ。海外飛ぼうかと思ったけど、友達もあっちこっちに散ってるんで、愛車見せびらかしの旅を企画したわけ。昨日が大阪、明後日《あさって》は金沢、その後が新潟、で、関越で東京に帰ろうと」

片桐はさらさらと旅程を言ってのけた。

「で、カッツォ、彼女は出来たの？」

会えば必ずそれを聞かれるのは判っていたのに河野はうろたえて、灰皿に煙草《たばこ》をもみ消しながら、

「まあ、な。そうやな、出来たっちゅうか……」

と、落ち着かない返事をした。片桐には過去に何度も同じ質問をされていたが、肯定の答えをするのは初めてのことだった。ファンタジーがにやりと笑った。

「ええーっ」片桐は大げさな声を出した。

「大きな声出すなや」

「なになに、どんな子なの？」

「いやぁ」河野は照れた。

「顔とか年とかさ、なんか教えてくれたっていいじゃん」

「せやな、年は僕らより上や、三十八歳、岐阜でハウスメーカーの課長してはる人や」

「五つも上なの？　結婚焦《あせ》ってるとかじゃないの？」

「全然」

「あっそう。美人なの？」

「見た目は、どうなんやろうな、髪が長くて眼鏡してはる」

ナナ・ムスクーリに似ていると言っても片桐には通じないだろう。

「へえ！　いいじゃん」

「要するにいい女だ」

ファンタジーが総括した。河野は片桐に浦底で出会った日のことを簡単に話した。

「よかったじゃんカッツォ」

「でもなあ、忙しい人やねん。なかなか会われへんし、こっちに来てくれる時はええけど」

河野は二回岐阜に行った。一度目は、彼女の部屋でお茶を飲んでいるときに急に現場から資材クレームの連絡が入り、出かけなければならなくなった。しばらく待っていると、代替品《だいたいひん》を納めるまで帰れない、遅くなりそうだ、という電話が来たので帰って来たのだった。二度目の時も途中で打ち合わせが入って施主《せしゅ》の所へ出かけた。大した時間はかからなかったが河野は気をそがれる思いがした。河野はかりんに、敦賀に来るときは完全にオフにしてくれと言った。

「ワーカホリックか」片桐が言った。

「カッツォの優先順位は仕事より下ってことだね」

「僕のために仕事を後回しにされるより気が楽やし、ええけどな」

河野は少しむっとして答えた。

食事が終わると河野は片づけをざっとしてからリビングに戻った。涼しい夜風が入ってきていた。ファンタジーはシャブリの後、サンテミリオンに取りかかっていた。片桐も酒が強かった。顔はすぐ赤くなるが、赤くなってからが長い。片桐は河野が戻ると待ってましたとばかりに、ねえカッツォ、と続けた。

「結婚しちゃったら？　ここで一人でいるよりも主夫になっちゃった方がやりがいあるかもよ」

「うーん、結婚とか僕はあんまりしたないねん。お互い好きで独立してたらええんちゃうかと」

「なんでそんな一人にこだわるのよ？　わかんないじゃん、好きな女だったら子供が欲しいとかなるじゃん」片桐は声をはりあげた。

「それはないな」

「でもやっちゃったんでしょ」

「してへんよ」

「ウソツキ」

「キスだけや」

「だって一緒に寝るんでしょ」

「そこの四畳半にぎりぎりやけど布団《ふとん》並べて寝るよ」

「信じらんない」

それは本当のことだった。セックスレスは二人の暗黙の了解になっていた。それに関する話さえもしなかった。ファンタジーが神妙な顔をして頷《うなず》いている。河野は早くこの話題が終わればいいと思った。

「嫌がってんの？　それともお高くとまってんの？　そのいい年した彼女」

「僕や」

「カッツォが？　なんで？　ふつうつきあったら自然としたくなんない？」

河野はいくつかの言い訳を同時に思いついたがどれも説得力がなさそうで、結局何も言えなかった。片桐はファンタジーを見たが反応を得られなかった。

「大事にしてるからとかそういうの？」

「ああ、それ、それにしとく」河野はいかにもなげやりな感じで答えた。

「でもさ。別にやるのが全《すべ》てじゃないけどさ、それって彼女がかわいそうじゃない？」

「おまえ何も判ってへんな」片桐のしつこさが河野の気に障《さわ》った。

「判るもんか自分のことじゃないんだから。まあいいや。私が悩むことじゃないし」

片桐は全然まあよさそうではなかった。ファンタジーが、

「お前さん、妬《や》いているんだろう」と茶々を入れた。

「そうですともよ。妬いてますわよ。なのに心配してるなんて自分でも嫌になるわよ」

赤い口紅を塗った口をとがらせながら片桐はまくしたて、手を振り回したはずみにワイングラスを倒した。少し酔いがまわっているようだった。

「ああ、そうなん？　自分はどないやねん。自分かてええことあるやろ」

「あたしか。あたしの話はつまらんよ」

片桐は三週間で別れた年上の男の話をした。別れたきっかけはベッドで「ママー」と言われたからだと言った。

「だってさ、見た目とかそこそこでセンス良くて、いい店とか連れていってくれるのに、『ママー』なのよ。たまんないのよ。んで、『ママでちゅよー』とか言わせんのよ、この私によ。冗談じゃないよ」

河野は笑った。片桐は苦い顔をした。

「なんでそんな奴《やつ》とつきあったん」

「さあ、暇だったんじゃない？　遊びだよ遊び。もう二度と顔も見たくないんだけどさ、社内にいるからそうもいかないし。何が次期社長だよ。ちょろちょろすんなって感じ」

「次期社長って……アホか」

河野はそれらしい人物に思い当たって心底呆れながら言った。

「ついにあんたにアホと言われるようになったか私も」

「前からや、アホ」

「いい女なのにもったいないな」ファンタジーが言った。

「誰にでもいい女って言うんでしょ」片桐がからむと、

「ありていに言えばそういうことだ」とファンタジーは笑った。


「そっか、カッツォに恋人が出来たかあ」片桐は再びため息まじりに言った。

「でも、結婚しなくてもさ、一緒に住んだりとかしないの?」

「僕はここがええねん。せやけど向こうは転勤の多い人やからな。辞令一枚で全国どこに行くかわからん仕事らしいわ。それが怖くてな」

「カッツォはなんでそんなにここにこだわるの?」

「はあ、なんでやろうな。海があるからかな。僕はこの街が好きなんや。ここにおったら落ち着くんやな。大阪には戻りたないし、だからって遠いところもなあ。片桐はどうなん? どっか住みたいとことかあらへんの?」

「あたしゃ荒川越えたら生きていけないよ」片桐はけらけら笑った。

片桐は東京の女だ。大阪にも、どこにでも、そういう人がいる。生まれて、死ぬまで街を出ない人達、街を出ることを不幸だと思う人達だ。一方でかりんのように住む場所を転々としながら生きる人間もいる。自分のように好きな街を選ぶ生き方もある。かりんは定住したいとは思わないのだろうか。しかし、この小さな街には彼女にふさわしい大企業はないのかもしれない。先のことを思うと気がふさいだ。

「俺もう寝るぞ」

ファンタジーが言った。ワインがまわったようでろれつが怪しかった。ファンタジーが白いテントを取りだして中に潜り込み、テントの中に弱い灯がぽっと灯《とも》るのを片桐は目を丸くして見ていた。

「どうなってるの?」ひそひそ声で片桐は言った。

「どうって、毎日こうして寝てはるよ」

「ちょっと見てみる」

片桐はそっとそばに寄ってのぞき込んだ。そしてますます目を丸くした。

「タマゴだよ」

嫌がる河野を引っ張って中を見せた。ラグビーボールくらいの大きさのタマゴがうすいだいだい色に光っていた。

「なんのタマゴなの？」

小さい声で聞いた。

「なんの、ってファンタジーのタマゴやろ」

「ファンタジーってそもそも、なんなのさ」

「見ての通りや」

「まやかしか」

「いや、旅人みたいなんちゃうかな、僕もようわからん」

河野は欠伸《あくび》をした。いつもなら、朝の早い彼はもう寝ている時間だった。

「あたし、ここで寝たいな」

片桐はやっと自分の酔いに気がついたように言った。

「なんか敷くものちょうだい」

河野は立ち上がってグラウンドシートとタオルケットと枕《まくら》を持ってきた。

「砂だらけになるから、起きたらシャワー使って。タオル出しとくわ」

片桐はそれには答えず、タオルケットを体に巻き付けながら言った。

「カッツォさあ」

「ん」

「運命なんて言ってっと結構痛い目に遭うんだからね。気をつけなね」

「そんなこと言うてへんよ」

河野が言うと片桐はふん、と笑った、そしてすぐに軽いいびきをかいて眠りこんだ。

河野はその夜いつまでも眠れなかった。

（四）

翌日は海水浴に行った。盆を過ぎて水島もすいてきた、と村井から聞いていた。浦底の港で、河野は村井にも弁当を渡して、一緒にどうですかと誘ったが、村井は低い声で、

「かっちゃんは急にもてるようになったたな」

と言っただけで取りあわなかった。ファンタジーは船の舳先《へさき》のいかにも邪魔な場所に立っていたが、村井にはファンタジーが見えないようだった。水島が近づいてくる

と片桐が「きれい！　沖縄よりずっといいじゃん！」と叫んだ。村井は黙って二度頷いた。


「あのさあ、思ったんだけど」

一泳ぎして帰ってきた片桐がファンタジーに言った。

「なんだってまた、カッツォんちにいるわけ？」

「気まぐれだ」

「なんだそりゃ」

「そういえばお前さんにはあまり孤独の翳《かげ》がみえないな」ファンタジーがまじまじと片桐を見つめながら言った。

「そう？　孤独なときは孤独だよ。一人で残業してコピーが紙詰まりになったり、生《なま》牡蠣《がき》当たって朝まで泣いたりするよ。見せないだけさ」

「お前さんは嘘《うそ》つきだ」とファンタジーが言った。

「お前さんの言う通りだ」と片桐が応酬《おうしゅう》した。

「河野のことはどう思う？　彼はとても孤独だ」

河野はくすくす笑いながら、パラソルの日陰に頭だけ入れて寝そべっていた。

「うーん、前からカッツォはなんか『幸薄い』感じがあったんだよね、存在感がキハクっていうのかな、何度会っても、顔が覚えられないような」

「うむ。しかし奴は大金持ちだ」

「そう。その話は会社では私しか知らないの。だからほかの連中からしたら、今のカッツォはわけわかんない。変わり者。仙人みたいなものかな、海の仙人」

「仙人ってどんなものだ？」

「世の中を避けて生きている人、かな。わかんないけど『納得できる自分』ていうのが私らとは違うんだろうね、カッツォは。どっちみちこいつに俗世間の会社勤めは似合わないよ」

　片桐は親しい者のことを語る冷静さで言った。

「それよりさ、例の女のこと知ってるんでしょ？　カッツォは幸せになれるの？　どうなのよ」

「そんなことを俺様に言われても困る、俺は縁結びの神じゃない、お門違いも甚《はなは》だしいな」

「なんか御利益《ごりやく》ないの？」

「俺様に御利益？　あるわけないだろう」

「あんたさ、ファンタジーとか言うわりに、あんまり夢がないのね」

「そうか?」

「ファンタジーって言ったらなんかケンランゴウカな絵巻物みたいなイメージあるじゃん、でもあんたって、カッツォの大事にしてる『オカヤドカリ』? あれが、カッツォのことを心配して姿を現しました、ってそんな感じ」

「俺様はいかにも居候《いそうろう》だが断じてヤドカリなどではない。愚弄《ぐろう》するにも程がある」

ファンタジーが笑いながら言うと、片桐も負けずに大声で笑った。河野は寝たふりをしていられなくなって起き上がった。

「おや、起きたの?」

「そんなでかい声で笑われて寝てられるか。弁当や弁当」

弁当は貝飯のおむすびと豚のみそ漬けと塩ゆでにしたオクラとトウモロコシだった。朝早くに河野が市民農園から収穫してきたトウモロコシを、片桐は甘い甘いと感激して食べた。食べ終わると食休みもそこそこに三人は海に入って子供のように浮輪を奪い合って騒いだ。

村井の船が迎えに来ると片桐は写真を撮ろうと言って、バッグから銀色のカメラを出した。

「俺様が撮ってやろう」ファンタジーが言った。

「なんで？　おじさんに頼んで一緒に写ればいいじゃん」

「俺様は写真には写らないのだ」

河野はそのときなぜかは判《わか》らないが、傷がしみるような、悲しい気分になった。

その夜は駅前の「うみうし」に行った。片桐と河野は日本酒を、ファンタジーは焼酎《しょうちゅう》を飲んだ。

「みんな、あんたのことをファンタジーだって知っているって言ったよね」

片桐が言った。

「あれさあ、デジャヴュと同じ仕組みなんだと思うよ。どんな仕組みか知らないけれど」

「そうなのか」

「どこかで顔を見たことがあるんだろうね。私はそういうのを懐《なつ》かしむタイプじゃないから覚えてないのかな」

「お前さんは鋭いのか鋭くないのかわからんな」ファンタジーは笑った。

「いや、なんとなく、私にはあんたが誰だか判らなかったから思いつきで言ってるだけだけど。カッツォや、カッツォの女はすぐ判ったって言うじゃん」

「そのあたりは俺様にもよくわからんのだ。ひょっとしたらお前さんは俺様に似ているのかもしれないぞ」

「そっか、鏡みたいなもんか」片桐は言った。

「そんなところだな」

「いつまでカッツォのとこに居座るつもりなの？」

「今のところはなんとも言えん。しかし必ず時期は来るし、そう長いこといるとも思えないんだがな」

河野はそのときが来るのを憂鬱《ゆううつ》に思った。

「どうせなら、私の旅につきあえば？　海沿いの下道ばっか走るけど」

「願ってもない申し出だな。そうしてみるか」ファンタジーは言った。

「ねえカッツォ、澤田《さわだ》のことは覚えてる？」片桐が聞いた。

「同期の？　最初に研修が一緒やっただけやけど。覚えてるよ」

「そうそう、あいつの家に行こうと思って」

「あいつ、今どこにおるんや？」

「新潟店で外商やってるよ」

「俺様が行ってもいいのか？」

ファンタジーが焼酎の水割りを作りながら聞いた。

「ああ、澤田なら大丈夫よ。カッツォも来ればいいのに」

「新潟か」

河野は唸《うな》った。短く強く迷った。

「僕も一度新潟に行かなあかん」

「釣り？」

「ちゃう、死んだばあさんから預かってるもんがあって、それを人に渡しにいかなあかんねん。ずっと先延ばしにしてきたんやけど」

「うん」

「片桐の車に乗っていこうかな」

「ぜひ一緒に来たまえ。アルファロメオを運転してもよいぞ」

ファンタジーが言うと片桐がぷっと吹き出した。

「片桐、迷惑やったら言うてな」

「何言ってるのさ。嬉《うれ》しいよ、誰かと旅行できるのって。ましてや気心の知れた二人だし。途中で泊まらないと無理だけど、いい？」

「ええよもちろん」

「なんだ、俺様ももう気心が知れているのか？」

「ん、あんたは底が知れたね」

ファンタジーは「恐れ入ったな」と頭をかいた。

翌日、荷物を積んでエンジンをかけたところで河野は片桐におみやげを渡すことを思い出した。家に一旦《いったん》取りに帰って、それを手に包んだまま、片桐の鼻先に差し出した。

「おみやげや」

「なに？」

河野は手を開いてみせた。それは真っ白な巻き貝だった。

「きれい……」

「うちのオカヤドカリが前に住んでた貝殻。引っ越ししていらなくなったさかい、やるわ」

片桐は貝をつまんでじっと見つめ、日に透かして見つめ、それから耳にあてた。

「ありがと、大事にするね」

彼女はバッグに入れようか少し迷ってから白いシャツの胸ポケットに入れた。

敦賀から有料道路を経て、越前《えちぜん》海岸沿いの国道三〇五号線を加賀へと向かう。敦賀湾を出ると、岩場の海は濃い色合いを帯び、打ち寄せる波頭が日にあたってきらきら光っていた。

「たまんないなあ、この道。海の上走ってる」

「ええやろ、もうここからずっとこういう景色やで」

海は岩場の形で風景を変える、一つとして同じ風景はない。黒い岩が潮を浴びているのを見ながら、河野は一人で新潟に向かうのだったらとてもこんなに楽しい気持ちではいられないだろうと思った。

「全然関係ないけどさ、ファンタジー」片桐がファンタジーに言った。

「見たよ、恐竜のタマゴ」

「見たのか」ファンタジーが重々しい声を出した。

「あれを見た人間はな、恐ろしい目に遭うんだぞ……」

「どうなるの?」

「うーむ……具体的にはまだ考えていない」

「うそ、ほんとはすっごい不吉で、不吉すぎて言えないんでしょ」

「どうとでも取れ」

ファンタジーが言うと片桐は勝ち誇ったように笑った。


海沿いの道は延々と続いた。右手には山が迫り、狭い土地に漁村が根を張っている。コンビニもファミレスもない、潮風に黒ずんだ板張りの外壁の家がひしめき合う昔からの風景だ。漁港には何隻《なんせき》もの小型のイカ釣り漁船が羽を休めていた。

カーステレオからはエアロスミスが流れていた。

「全くこんないかがわしい音楽ばかりか」と、後ろからファンタジーが言った。

河野が、ダッシュボードの中を探してカーティス・メイフィールドのCDをかけた。

ファンタジーはしばらく黙っていたが、やがて厳《おごそ》かな声で、

「この人は、俺様より偉い」

と言って手をこすりあわせ、はなを啜《すす》った。やはり大した神ではないらしいと河野は思った。

（五）

三国《みくに》の辺りを走っていると、みるみるうちに空が曇り、夕立が来た。遠くで雷が鳴っている。

「おお」

片桐は目を細めた。

「嬉しいのか？」ファンタジーが聞いた。

「嬉しいよ。車が綺麗《きれい》になる」

「空気も綺麗になるな」

「そう。雷も大好き。カッツォは雷が嫌いだけれど、あたしは好き。わくわくする」

「やめてくれ」河野が言った。

「ファンタジー、頼むからあれを止めてくれ。雷だけはあかん」

「雷のことは雷神に頼まないと駄目だ、俺には出来ん」

「なに縦割り行政みたいなこと言ってるのさ、ファンタジー」

「ほんま、役に立たん神さん拾ってしもたわ」

「役に立たないが故《ゆえ》に神なのだ」とファンタジーは言った。

芦原《あわら》温泉の公衆浴場を調べてきたのは片桐だが、彼女の言う通り新しくて清潔な風呂だった。浴室は日替わりで、その日は男性が天の湯で女性が地の湯だった。地の湯には蒸し風呂があり、天の湯には露天風呂があった。ファンタジーはわざわざ姿を消して女湯を見に行った。

河野はゆっくりと汗を流したが、片桐は早風呂だった。河野が出てくると彼女はマッサージチェアに身を預けて飼い主になでてもらう犬の顔をしていた。ファンタジーは自分が運転しないのをいいことにビールを飲んでいた。

公衆浴場から出ると雨は上がっていた。国道はここから内陸を走るので北陸道に乗った。河野が運転を申し出た。片桐は暮れゆく海を見るふりをしながら、左ハンドルを握る河野の顔を眺めていた。河野の運転は安全でスムーズだった。

「ええ車やな」と河野が言った。

「高速走ってたら勿体《もったい》ないわ。峠に行きたくなる車やな」

「ほんとは男が乗る車だよ。だけどさ、あまりにも横に乗る奴《やつ》が甲斐性《かいしょう》なしばっかしだからしょうがない、私が買ったんだ」

「おまえ運転も上手《うま》いしな」

「上手くはないよ。好きなだけさ」片桐は照れ臭そうに笑った。


金沢市内に入った時には日は完全に暮れていた。道は狭く、混雑していてずっと先までブレーキランプのまぶしい赤が並んでいた。

「戦争で焼けてないから、仕方ないよね。道が狭いのは」と、片桐が言った。

「そういえばお前さんは友達に会うんだったな」ファンタジーが言った。

「うん、一緒に来てもいいけど、でも夜は友達のとこに泊まりだから」

「そうだな、たまには河野と水入らずで過ごすのもよかろう」

「なにが水入らずや」

「じゃあ、お茶だけ飲んで、そのあと解散にしようよ。車は貸してあげる、ていうか、停める場所がないだけなんだけど」

香林坊の市営駐車場に車を置いて地上に上がると、片桐はここで待っていてと言って電話をしながら歩き始めた。

しばらくすると、片桐と一緒に小柄な女性がやって来た。片桐が日焼けしているので彼女の色の白さが引き立った。

片桐の友達は、「石原のぞみです」と小さな声で言った。片桐が「こいつが前に話してたカッツォ・コーノ」と紹介した。

「なに話したん」河野が聞くと石原が、

「あの、浮世離れしてるって、妙ちゃんが」と、笑った。

「仙人のくせに女がいるとも言ったよ」

片桐が補足した。そして先に立って喫茶店に入るとわが物顔で席を確保した。

ファンタジーはしばらく石原を見ていたが、

「お前さん、バレリーナじゃなかったか」と言った。石原は長い瞬《まばた》きをすると、

「……ファンタジー？」と目を輝かせた。

「なんでこいつのことみんな知ってるんだよ」と片桐が言った。

「なんでかなあ、前に会ったような気がするの」

石原が答えると片桐が得意気に小鼻をひくつかせた。

「それみろ、デジャヴュの仕組みだ」

「なあに、それ」

「みんな、どこかで会ったことがあるとか知ってるとか言うの。私だけファンタジーのことを知らなかった。大体ファンタジーってどういう意味なのさ」

「うむ。『裏側』だな」とファンタジーが答えた。

「そう……バレエをやってるときに会った気がするんです。多分、芸術とか、ほかのことでも自分を裏側まで突き詰めてたらファンタジーに会えるのかもしれない……そんな気がするだけかもしれないけれど」

「そうか私は商売人だし、すれっからしで夢もないから会ったことがないのか」

片桐が乾いた笑い声をたてた。河野は子供に言って聞かせるように片桐を諭《さと》した。

「自分をそんなふうに言うたらあかんよ。片桐は仕事もできるし服も車も好きやろ。美味《おい》しいもの食べるのも好きやろ、それでええやんか」

「ファンタジー、なにかをするってことは前に進むことなんですか？」石原が言った。

「どっちが前かはわからんがな。物事が連鎖《れんさ》するのは間違いないから、前に進むときもあるだろう」

「GDPみたいなもんか。水を一つのバケツからもう一つのバケツに移し替え続けるだけでもGDPは上がるって経済学で習ったな。だけど、そういうことを囚人にさせると気が狂うって心理学では言ってたよ」

片桐はそう言いながら納得がいかない風《ふう》だった。

「石原はバレエで食っているのか」ファンタジーが聞いた。石原が答える前に片桐がまくしたてた。

「ちがうよのぞみは医者になるんだ。エリートだったのに官僚やめてさ、三年間自分一人で勉強して金沢大の医学部に入ったんだ。スケールでかいよ。インターン終わったら四十だもん」

「バレエは趣味なんです」と石原が付け加えた。

「学生だったのか。なんで医者に?」ファンタジーが聞いた。

「もう別れちゃったんですけど、つきあっていた人がC型肝炎だったんです。もちろん、医者になっても出来ることは限られているけれど、なった方がいいってその時思ったの」

石原は暫《しばら》く口をつぐんで、迷うように言った。

「最初は医者になろうなんて、偽善なのかなと悩んだりしたけれど、でも偽善を恐れていたら?　なにもできないですよね、誰に対しても」

「あのさ、偽善と同情は違うんだよ」片桐が言った。

「同情が嫌なのは、てめえの立っている場から一歩も動かないですることだからだろ。でも、偽善はさあ、動いた結果として偽善になっちゃったんなら、いいんじゃないの？　しょうがないよ。そのとばっちりは自分に来るわけだし」

「動いて、それで患者が救われたらええんちゃう？」と河野が言った。

「救えませんよ、ファンタジーじゃないんだもの。回復のお手伝いをするだけですよ」

「えっ。ファンタジーって、『救い』なの？」片桐が言った。

「俺に救われるんじゃない、自らが自らを救うのだ」

ファンタジーが苦々しげに答えた。

河野は不意に心がひきつるように痛むのを覚えた。彼はファンタジーを失うことを恐れはじめていた。親友のように思う一方で、やはり救いを求めているのかもしれなかった。

「ここは敦賀と反対の街やな。若い人が多くて、狭くて、都会なのに古くさい街や」

片桐たちと別れて、河野はあたりを見回しながら独り言のように言った。

「いいところじゃないか」とファンタジーは言った。

「そうやな、悪いとこちゃうな、でも僕には合わへんな」

「貴様は敦賀にメロメロだからな」

ファンタジーが笑った。河野は苦笑した。二人は裏道に入っていった。通りには飲食店が軒を連ね、いい匂《にお》いが路地に溢《あふ》れだしていた。河野は空腹を感じて、

「夕飯どないしよ?」

と、ファンタジーに聞いた。彼らは昼前にハンバーガーを食べたきりだった。

「よくぞ聞いてくれた」

その返事に河野は思い当たって嫌な顔をした。

「カレーか」

カレーはつい最近作ったばかりだった。

「まさしくその通りだ」

「金沢まで来て、カレーか」

彼らはクラシックな店構えの洋食屋をみつけて入った。ファンタジーは希望通りカレーを、河野はコロッケ定食を注文した。

「しかしよく笑う女だな」

ファンタジーがカレーを食べながら言った。

「片桐か」

「あいつは長生きしそうだ」

「口も悪いしな」

「貴様に惚《ほ》れ込んでる」

「そんなことないやろ、友達やで」

「いやいや、いかに車好きといってもそうそう東京から敦賀まで来ることはないぞ。よっぽど会いたかったのだろう」

「そうやな、逆に東京に車で行くなんて考えただけでも恐ろしいわ」

「東京は嫌いか」

「まず言葉があかん。昔は接客業やったから標準語を喋《しゃべ》ってたけど、もうそれだけで頭がキンキンしてくるんや。あんな言葉を子供から年寄りまで喋ってるいうのが信じられへんわ」

河野は今でも銀座の雑踏《ざっとう》を思い出すと気分が悪くなりそうだった。

「そうか、デパートだったな」

「向いてへんかったな。売り場でにこにこしてるだけで心の中が辛気臭《くそ》うなるわ。ハダカのヤドカリの気分や」

「貴様の殻は、敦賀か」

「海やな。日本海が僕のお布団《ふとん》みたいなもんや。僕は海に依存してるんや」

「人間には依存しないのか。例えば中村には」

「いまはないな。ただ」

河野は目をふせたまま言った。

「新潟に行って姉と会《お》うたらわからへん、かりんとの関係もなにか変わるかもしれへん。いつかはその賭《か》けをせなあかんと思ってたんや」

「ほう」

「話そうか」

「片桐がいるときの方がいいだろう」

「そやな、そのほうがええな」

河野はその話を誰にもしたことがなかった。思い出すだけで頭を石で殴られるような気分がした。

その夜、河野は片桐の車でファンタジーと一緒に海の方へ走った。そして内灘《うちなだ》の砂浜で眠った。

（六）

「やば！」

金沢から国道八号線に乗って二時間、富山市を出てしばらくしたところで、片桐が叫んだ。

「どうした」

「ガソリン入れるの忘れてた」

給油計の針はとっくにエンプティを振り切っている。

「なくなってからなんぼくらい走った？」河野が聞いた。

「四、五十キロ。今朝金沢で入れなきゃと思ったから」

「そろそろほんまになくなる頃やな、スタンドないか」

「ないから困ってる。国道のくせに！」

片桐はまるで八号が悪いような言い方をした。

「引き返すか」

「魔法使えよ、ファンタジー。ガソリンが減らない魔法」

「ばか言うな、そんなもん使えん」ファンタジーは言った。

「けっ、頼りにならない奴《やつ》」

「わははは、まあなんとかなるだろう」

「ああっ、もうだめぇ！」

片桐の色っぽい声を最後に、車は音を失って惰性で路肩に停まった。ハザードランプのかちかちいう音が虚《むな》しい。

「まあ、あたしがいけないいんだけどね」

トランクから出した三角形の表示板を組み立てながら片桐はぶつぶつ言っていた。

「とりあえずスタンド行くしかないだろ？　俺様も付き合ってやるぞ」

ファンタジーが言った。

「片桐は休んでてもええで、僕らで行ってくるし」河野も言ったが「このクソ暑い車にいたら焼け死ぬわ」と一蹴《いっしゅう》された。

三人はなにもない、本当になにもない国道八号線の路肩をだらだらと歩き始めた。

片桐は歩きながら、あーあ、と言った。

「なんだか昔もこういうことがあったような気がするな」

「初めてじゃないのか」

「いや、ガス欠は初めてよ。そうじゃなくてさ、炎天下を絶望して歩き続けるの図がね。私、前世は砂漠に住んでいたような気がする」

「駱駝《らくだ》やったんちゃうか？」

「かもねえ」

しかし実際は、砂浜からは遠く離れている。左右には田畑が続き、サラ金と仏壇屋の看板ばかりが目についた。右手の平野が終わるところには重量感のある灰色の立山連峰がそびえ立っている。山の中腹はうっすらと白い霧にけぶっていたが、思いの外高い稜線《りょうせん》はくっきりと輪郭を空に描いていた。実際、立山がなければうんざりするような風景だった。

「お前さんの絶望はこんなもんか」ファンタジーが言った。

「そうそう。この程度」

「夜じゃなくてよかったじゃないか。俺様もついてるし」

「役にたたんくせに」片桐がせせら笑った。

「確かに。手でもつないでやるか」

「何言ってんだい暑苦しい」

「あれ、スタンドちゃうか？」

河野がはるか先に見える背の高い看板を指さした。一行はこころもち足を速めた。

しかし、そのスタンドはつぶれていた。

「んだよ、ちきしょー」

片桐は長い足で「ハイオク111円」と書かれた看板を蹴《け》った。

「少し休むか」ファンタジーが言った。

「そうだね、何か飲もう、奢《おご》ってやるわ」

自販機は幸い生きていた。ファンタジーはコーラを飲み、河野は冷たいお茶を飲み、片桐はスポーツドリンクを飲んだ。飲みながら河野が、

「なあ、片桐、話があるんやけど。今日の夜でも」と言った。

片桐はしばらく河野の顔を見つめて、「わかった」と頷《うなず》いた。

通り過ぎる車の音以外、聞こえる音はなにもなかった。

そしてまた無言で歩き始める。


結局スタンドを見つけたのは車から三十分も歩いてからだった。スタンドの車でアルファまで来てもらうつもりだったが、店主一人しかいなかったので店を空けられな

いと言われた。そこで彼らはポリタンク二つにハイオクガソリンを詰めてもらって元の道をとぼとぼ引き返した。日差しは強烈な熱を放ち、ポリタンクを持っていないのに片桐は何度も休もうと言った。立山の形は、少し歩いたくらいでは全く変わらない。

「ごめんね、こんなことんなって」

　小さな声で片桐は言った。

「大丈夫やこのくらい」砂の入れ替えで力仕事に慣れている河野は即答した。

「気にするな」ポリタンクを左から右に持ち替えながらファンタジーが言った。

「そっか、でも悪いと思ってるよ」手ぶらの片桐はしおらしく言った。

　ガソリンを入れると車は生き返った。少し傾いた日差しが厳しく窓から入り込みミラーを狙《ねら》って照っていた。片桐はトム・ウェイツの「レイン・ドッグス」をかけて、

「あたしの葬式の時にはこれを流してね」と言ったが、

「おまえが一番長生きするわ」とそっけなく河野に返された。

　新潟県に入ると日が暮れた。すぐに岩場の海が近づいてきた。

「夜の海って、吸い込まれそう」

　親不知《おやしらず》のパーキングに車を停めて、足元に轟《とどろ》く波の音を聴きながら片桐は言った。目の前には息詰まるような漆黒の闇《やみ》が横たわっている。

「恐《こわ》いんか」

「ううん。空と海との区別がつかないだけ」

片桐が少しふらふらする、と言ったので河野が運転を代わった。

闇をさらに塗りつぶすようにアルファは走り続ける。


やがて国道沿いに奇妙な建築群が現れた。

「あれってラブホテル？」河野が聞いた。

「うん」片桐は少し居心地悪そうに頷いてから、「は？」と聞き返した。

「行ったことないんや」

「え？　うそ、まさかカッツォて……」

「ちゃうわ。ただホテルは行ったことないだけや」

「俺はそのまさかだぞ」ファンタジーが言った。

「まさかなの？」

「俺の体なんてダミーみたいなものだからな。意味がないのだ」

すると片桐は「あ」と言った。

「いいかもしんない。冷房びんびんにきかせて。水みたいなぬるいジャグジーのお風呂入って、ビール飲んで、でかいベッドでコロッと寝たら。どっちみち、今夜新潟市内には入れないから」

「ファンタジーと三人やから安心やしな」

「誰が安心すんのさ」

「僕や」

「あんだよ……」

片桐はもっとひどいことを言うつもりだったのかもしれない。が、途中で気が変わったように、

「じゃ、ラブホ担当片桐が物資の調達に行きまーす」と言った。

「担当じゃない奴は？」

「おまえらあたしの部下。食い物とか飲み物とか買うんだよ。んでパーティーすんの。おわかり？」

河野は正確なハンドルさばきで車をUターンさせると一度通り過ぎたコンビニへと向かった。

（七）

一番きれいに見えるラブホテルを片桐が選んだ。河野が写真パネルから広い部屋を選んでボタンを押すと、キーが「がこん」と夢のない音で落ちてきた。受け付けの小窓から料金を払って釣銭を受け取ると、タマゴになったファンタジーを抱いて待っていた片桐と一緒にエレベーターに乗った。内装は新しいホテルだったが、河野にとっては全《すべ》てが生臭く厭《いと》わしいものに感じられた。

フロントでやや張りつめた表情を見せていた片桐は、部屋に入るとほっとしたようにダブルベッドに大の字になって、「あー、ゴクラクゴクラク」と言った。元の姿に戻ったファンタジーは設備のチェックに余念が無かった。河野はファンタジーの姿を目で追いながら少し緊張してソファに座っていた。大画面のテレビがあった。怪しげな自販機もあった。カラオケもあった。カラオケなんて誰が歌うんだろうと河野はいぶかしく思った。何気なくテレビをつけるといきなりポルノ画像が流れたので慌《あわ》てて電源を切った。ファンタジーが笑った。

ファンタジーはカラオケのマイクを手にとると、

「チャ・チャ・チャ・チャ・チャ・チャ・チャ」

と叫んでジェームス・ブラウンの真似《まね》をはじめた。河野は笑ったが片桐は首だけ上げて怪訝《けげん》そうにファンタジーが「セックス・マシーン」を歌うのを見ていた。ファンタジーは片桐の反応が物足りないらしく歌い終わってもしばらくゲロッパと叫んでいた。

片桐はにわかに起き上がって、風呂を見にいった。

「お、すごい、いい！　ファンタジー、見て見て」

広い風呂の壁と床には御影石《みかげいし》が貼《は》られ、大きなジェットバスは表面がすべすべした人工大理石だった。片桐は派手な音をたてて浴槽に湯をためはじめた。

「ファンタジー、あとで一緒に入ろうか」

「うむ」

「僕はお先にいただくわ。シャワーだけやし、すぐあがるよ」

河野は自分も誘われたらたまらないと思って、脱衣場から出てきた二人と入れ替わるとそそくさとドアを閉めてしまった。

服を脱いでいると「カッツォってうぶねえ」という声が聞こえた。

ソファでまどろんでいた河野は人の気配で目を覚ました。部屋にシャンプーの匂《にお》いのする湿った空気が流れ込んでいた。

「やっぱし……恥ずかしいもんだね」

新しいTシャツと短パンに着替えた片桐が言った。

「そうか、俺様に羞恥心《しゅうちしん》はない」

「それにさ、野郎がシャンプーしてる姿ってさあ、すげえ間抜けだよ、どんないい男でもさ」

河野は冷蔵庫から缶ビールを三本取りだした。つまみはサンドウィッチとポテトチップスとあたりめだった。

「そうだ今日はカッツォの話を聞かなくちゃ」片桐が言った。

「どうやら俺様も聞いたことのない話らしいぞ」

ヒンズースクワットをしていたファンタジーがビールを受け取りながら言った。

「ジャンクフードに乾杯」とファンタジーが言った。片桐がそれを遮《さえぎ》って、

「ありがとう」と言った。

「え?」

「なんか、そういう気分だわ、今日も一日ありがとうって感じ」

「こちらこそや」

「お互い様だ」

片桐とファンタジーが黙ると、河野は話を始めた。

「あのな、僕には七歳違いの姉がおんねん、そんで」

そこで河野は一息ついて目を伏せた。

「小学六年からずっと……姉にいやらしいこと、されてたんや」

「え」

「近親相姦《そうかん》や、早い話が」

「セックス、したの？」

「ああ、セックスもした、何度もした。こわかった」

忘れていた感覚がよみがえる、姉の赤い唇、白い体、切ない声、柔らかくのしかかる体重、におい……。そして頭のなかでやめてくれ、と叫びながらその体を追い求め何度でも昇りつめていったのは他でもない自分なのだと思い出して嫌悪感《けんおかん》で一杯になった。廊下で姉が待っていて誘う、それをどうしても断れなかった。なぜ話すんだろう、なぜ今になって話さなきゃいけないと思ったんだろう、なぜ思い出したんだろう。河野は手足が冷たくなるのを感じた。

「大丈夫？　無理に話さなくていいよ」河野のこわばった表情を見て片桐が気遣った。

「大丈夫や、そんでな」河野はビールを飲んで話を続けた。

「僕はそれでセックスがあかんようになってしまったし、だからかりんとも何もないんや」

「全然できなくなっちゃったの？」

「いや、できるけど、めっちゃ嫌な気分になるんや」

「ほう」

「それって、あんたとお姉さんしか知らないことなの？」

河野は首を横に振った。河野は三人きょうだいの末っ子だったが、兄が、妹と弟の様子がおかしいのに気づいて、妹の部屋で隠れて見ていた。温和だが真面目《まじめ》な性格の兄は、それを秘密にしておくには重すぎると悟り、母にこっそりと報告した。母はショックを受け、気配を察した河野は学校から帰ってくると誰とも喋《しゃべ》らず自室に閉じこもる日々が続いた。学校でも、時折声が出なくなったり、難聴の症状があったりした。何も主張出来ないことは、ますます河野の立場を悪くした。河野は中学校二年から京都の祖母のところに預けられることになった。兄は秘密にしておけなかったことを気に病んで、その後も、定期的に電話をしてきた。

「ばあさんは僕のことかわいがってくれたし、よかったんやけど、後になって姉と会ったら、姉が完全に被害妄想になってるんや。小学生の僕が無理やり姉を、レイプしたって思い込んでて、それが……」

日に焼けた河野のほほを透明なしずくが伝っていた。彼はそれを拳《こぶし》で拭《ぬぐ》った。

「カッツォってば、もういいよ、あんたの言ってることはおかしくないよ」

「ええねん、僕は誰かに聞いてもらわなあかんかったんや」

「彼女には話してないの？」

「言われへん」

「んじゃ、何も言えない彼女なんかやめてあたしにしたら」

片桐は冗談めかして言ったが本気なのはみえみえだった。

「そういう話ちゃうやろ」

河野はにべもなく答えた。すると片桐はまじめな顔に戻って言った。

「でも、彼女には言った方がいいと思う。もし、引くんだったらそんな女はカッツォの彼女になる資格ないじゃん」

河野は唸《うな》った。

「引くと思う。それに資格がないのは僕の方や」

「十九、二十歳の小娘じゃあるまいし」片桐は容赦なく言った。

「カッツォは結婚しないいって言うし、いつまで付き合うか知らないけど、わかんないじゃない、将来なにがあるかは。でも、話すなら早いうちだよ」

「ほな、片桐はつきおうてる男にそういう過去があっても平気？」

「相手によるよ。でもずっと隠してたらどうかな、落ち込むかも」

「そうか」河野はまた自分の思いの中に沈み込んだ。

ファンタジーは素知らぬ顔で鼻毛を抜いている。


「すごく嫌なこと言ってもいい？」

片桐がベッドから出てきてウィスキーの水割りを作りながら言った。

「なんや」

「カッツォ、例の年上の彼女に『なってもらいたかったお姉さん像』を求めてるんじゃない？」

「そんなことないと思うけど」

「だったら一生セックスなんてできないよ。彼女はどう思ってんだか知らないけどさ」

「全然タイプちゃうで」

「タイプなんてどうでもいいのさ。役割の問題なんだから。例えばあたしじゃお姉さんになれないじゃん、カッツォは無意識かもしんないけど、だれか捕まえて償《つぐな》いをさせないと気が済まないいんだよ」

「償い？」

「そう。もしそうだったらお姉さんだけじゃなくて、あんたも被害妄想だってこと。で、カッツォが役割ごっこをやめたら彼女も幸せになるかなとか、余計なお世話だったかな」

「幸せってなんだ」ファンタジーが言った。「過去を共有することなのか」

「ありのまま、を満足すること。だから過去に問題があるならそれはそれでつぶさなきゃ」

「僕とかりんは今のままでもええような気がすんねんけど」

片桐が露骨に嫌な顔をしたので話が途切れた。

「そんでな、今回新潟に行くのはな」河野がゆっくりと言った。

「うん」

「僕を育ててくれたばあさんが死んだのが二年前やってんけど、お形見をもろてるんや。姉の分、僕が届けるってもろて来た」

「ああ、新潟で会うのってお姉さんだったんだ？」

「送ろうかとも思ったけどこういうものやさかいな。姉は旦那《だんな》の仕事の都合で新潟に住んでるんや」

「そうなんだ」

「一度、会うて話したらいろんなことに踏ん切りがつくんちゃうかな」

「結果はわかんないけど、でも会おうって思っただけですごいよ。半分目標達成だよ」

その言い方は少しだけ彼女の仕事ぶりを思い出させた。河野は懐《なつ》かしさを感じた。中途半端《はんぱ》な気持ちで甘えてはいけないことはよく知っていたが、それでも話した相手が片桐でよかったと思った。

河野は「たまには居候《いそうろう》気分で寝るわ」とうすい毛布を一枚だけもらってソファに横になった。電気を消してからしばらくの間、片桐とファンタジーはベッドの中でもそもそしているようだった。

「何もしないからな」

「ん。わかってる。あたしもすぐ眠るから」

「ああ、眠った方がいい、疲れただろう」

「誰かと一緒に寝るの、久しぶり。すっごい安心する」

「寝るときは一緒でも眠りにおちるときは独りだぞ」

「うん、眠るときと死ぬときは独りなんだ……」

それから二人は静かになった。彼らはいい夢を見るだろうか。河野も安堵《あんど》と疲れを感じてソファの上で寝返りを打った。

（八）

夜明けの浜辺にファンタジーと片桐が寄り添って立っている。河野は車の横で煙草《たばこ》をふかしながら、ほおずきの実のような朝日が上がるのを見ていた。海が白っぽいセメントの色から金色を帯びた朱色に変わっていく。煙草を消して二人のそばに行くと、

「地球が丸く見える方法を教えてあげようか」と片桐が言った。

「なんだ?」

「こうするんだよ」

片桐は海の方に頭を向けて仰向《あおむ》けになると、身体《からだ》をのけぞらせて手足を曲げ、ブリッジを作った。ファンタジーと河野も真似《まね》をした。三人は水平線が丸く見えるのを見て笑った。笑うとブリッジが崩れた。

「少し泳ぎたいな」

「それもよかろう」

片桐は車の陰でごそごそやって水着姿になった。ファンタジーと片桐はしばらく海のなかでふざけあっていた。その後、河野がテトラポッドの島のてっぺんから見事な飛び込みを披露した。明るくなりはじめた水の中で小さな魚があわてて逃げた。

浜に戻って身体を乾かしていると片桐は沖に浮かぶ大きな島を指さして言った。

「あれが、佐渡だよ」

「ふむ」

ファンタジーは以前佐渡トキ保護センターで、日本のトキの最後の一羽となったキンと話したと言った。

「『日本のトキはその誇り高さと共に滅びゆくのです』と、老鳥は呟いたのだ」ファンタジーは言った。

「あ。とんびだ」空を眺めていた片桐が言った。

「このあたりはね、砂鉄が多いから砂が黒いんだって。太平洋の泥とは全然違うんだって」

「ほう」

「水温が低いからプランクトンの割合が太平洋と違うんだって。だから海の色が違うんだよ」

「ほう」

「カッツォは砂の色で住む場所を決めたんだよね」

「うん、まあそうやね」

「貴様らしいな」

「さてっと、澤田に電話するかあ。起きたかなあいつ」

片桐は携帯電話を手にとった。

「ういーっす。澤田？　片桐だよ、寝ぼけてんじゃないよ……今ね、寺泊《てらどまり》ってとこの浜にいるんだけどさ……だから驚くなって……今からそっち行ってもいい？……あ、はいはい、電話する近くいったら……それと土産代わりに連れが……ちげーよ、誰が綺麗《きれい》なお姉ちゃんかって？　あたしで十分だ、あっはっは……いやいや、でも澤田が知ってる奴《やつ》だよ、二人とも……そんじゃ、あたしのアルファが目印ね……アルファっ たら赤いに決まってんだよ……よっしゃ、うん、はい、じゃ」

「俺様は土産物か」ファンタジーが憮然《ぶぜん》として言った。「澤田ってどんな男だ？」

「うちの会社の外商、すげーいいやつ」

「外商ってなんだ」

「営業だよ。デパートに来るお客にじゃなくて、自分から個人宅とか会社とかに出向いて物を売る仕事。でもね、ほんとは違うんだ、澤田はねえ、サラリーマンじゃないの。芸術家っぽいとこがあんの」

会社の話をされたら嫌だな、と河野は思った。テンションの高い彼らについていけるかどうか心配だった。

待ち合わせの第四《だいし》銀行《ぎんこう》の駐車場に入ってきたのは、灰色のカローラバンだった。

「ちっ、あいつ営業車で来やがった、だっせえ」

片桐が苦笑いした。河野は二人を残してカローラバンに乗り込んだ。澤田と会うのは新入社員研修以来だったが、入社当時のように屈託なく話すことが出来た。澤田は九州の出身で、はっきりした目鼻立ちとごつい体格をした、気のいい男だった。河野が来るとは思わなかった、びっくりしたよと澤田は言った。

「今何しとうと?」

「なんもしてへんよ。魚釣って料理して食うてるだけや」

「生活は?」

「アパート持ってるんや。それのあがりで」

「よかねえ、片桐が仙人ち言うてたのほんとなんやね」

澤田はにこにこしながら言った。

「あいつが言うてるだけや」

「片桐は俺にはなんでも言うけんね」と、澤田は少し得意げに言った。

澤田はワンルームマンションに住んでいた。黒っぽいフローリングの上に、原色の家具が見事にはまっていた。壁には本人が描いたというヌードのパステル画がかかっている。

石原だけでなく、澤田もまたファンタジーを知っていた。彼は濃いコーヒーを皆にふるまうとファンタジーに言った。

「あんたが来るとは思わんかったったい。片桐とファンタジーと河野って、すごい組み合わせやね」

「国士無双《こくしむそう》みたいだろう」ファンタジーが言った。

「意味不明なこと言うな」

「あたしだけ、ファンタジーのことを知らなかったのよ。なんでだろうね。ファンタジーがあたしに惚《ほ》れてるからかね」

「愛か、俺は愛にはいっちょん縁のなかけんね」

澤田はけらけら笑う。その笑いは片桐に似ていた。どこか自嘲《じちょう》的で思春期に屈折しそこなった、ヘンな子供のような大人なのだ。イギリス人の笑いというのはこういうものだっただろうか、河野はどこかでそんなことを読んだ気がした。

その時、「あっ！　この曲」と片桐が叫んだ。澤田の部屋ではＦＭラジオが低く流れていた。

「『恋はあせらず』か。古かねえ」

澤田が答えながらボリュームを上げた。

「これねえ、カッツォがいつも鼻歌で歌ってる」

「なんや」河野が笑った。「よう知っとるなあ」

「だって一昨日《おととい》も歌ってたよ」

澤田はあからさまに、ばかばかしい、といった顔をした。

「お腹《なか》へってないか？　片桐」

「お腹はまだいいや、風呂入ろうかな。潮臭いや」

「どうぞ。タオルはその上の棚の使ったらよかよ」

「澤田、洗濯していい？　あたしの超セクシー水着その他もろもろ」

「どうぞ。洗剤はその下にあるけん」

それからしばらく、「恋はあせらず」の片桐バージョンが浴室からきこえていた。英語の発音はすばらしかったがひどい音痴だった。

タクシーを呼んで飲みに出かけた。新潟の街は河野の予想以上に立派な街だった。信濃川《しなのがわ》にかかる橋もどっしりとしていたし、高層ビルもある。道が広いのは出身の政治家の影響と思われた。この街は東京からも金沢からも遠い。だからビジネスであれショッピングであれ新潟で全《すべ》てを賄《まかな》わないといけない。福井や富山はそういう意味で中途半端《はんぱ》な都市だと河野は思った。

「冬はいっぱい雪降るんでしょ」と片桐が言うと、澤田は「ぜーんぜん」と笑った。

「山の方は降るばってん、街中には滅多なことじゃ積もらんと」

「だからだ。平野で雪が積もんないから街を作ったんだ」

と片桐が言った。河野はなるほどと頷《うなず》いた。

駅前の大衆飲み屋「越後亭」が澤田推奨の店だった。老夫婦でやっている薄暗い店で、コの字型のカウンターの奥ではじいさんが魚をさばき、ばあさんが揚物の様子を見ながらキャベツを刻んでいた。レジの横には越乃《こしの》寒梅《かんばい》の一升瓶が並んでいた。中年の客が多かった。魚は何があると聞くとばあさんは魚を食べるなら冬に来なければとさかんに強調しつつ、きすの天麩羅《てんぷら》やのどぐろの塩焼きを勧めた。

「のどぐろ?」

片桐が聞き返した。出て来たのは深海魚だがグロテスクなものではなく、きんめ鯛《だい》に少し似ていて、ほどよく脂《あぶら》がのっていた。

「いいな、こういう味は」

「おふくろの味やろ」

「俺様におふくろはいない」

「悪いこと言ったかな」

「いいも悪いもない。それが事実だ」

「ファンタジーも孤独なんだね」片桐が言った。

「誰もが孤独なのだ」

すると、澤田が言った。

「だけんね、結婚していようが、子供がいようが、孫がいようが、孤独はずっと付きまとう。ばってん何かの集団、会社にしても宗教にしても政党にしてもＮＧＯにしても属しとったら、安易な帰属感は得られるっちゃろうね」

「いや」

片桐が言った。

「孤独ってえのがそもそも、心の輪郭なんじゃないか？　外との関係じゃなくて自分のあり方だよ。背負っていかなくちゃいけない最低限の荷物だよ。例えばあたしだ。あたしは一人だ、それに気がついてるだけマシだ」

「マシって何よりマシなのだ？」

ファンタジーが場違いな葉巻をくゆらせながら聞いた。

「いや、わかんないやあ。思いつきだもん」

「負けんなよ、片桐」

澤田がそっぽを向いて言った。澤田の、片桐に対する思いやりはずっとそこにあって、彼はいつでもそれを取り出すことができるかのようだった。河野は澤田の優しさを羨《うらや》ましく思った。

「澤田さあ。ウチの会社に埋もれていくには惜しいよ。あんたはほんとの自分を閉じ込めてる」片桐が低い声で言った。

「やりたいことはあるんやけどね」澤田がためらいがちに言った。

「え、なになに？」

「叔父が東京でレストランばやりようと。その跡ば継ぎたいっちゃんね」

「なんのレストラン？」

「フランス料理」

「すごいじゃん、澤田」

「俺、今フランス語の勉強もしとうとよ。会社やめたらフランス行って修業してから、東京行こうと思いようけん。そのせつは片桐、よろしくな」

「なにがよろしくだよ。でも応援してやるよ」

河野は黙って飲んでいた。思い出せば彼は昔からそうだった。デパートの売り場の同僚達と飲んでも、ほとんどいるかいないかわからないような男だったのだ。澤田はそういう河野を記憶しているに違いなかったから、河野は安心して沈黙の中で酔うことができた。珍しく度を越して飲んだ。河野はその夜、どうやって澤田の家に帰ったのか覚えていない。翌朝、仕事に出る澤田と同じ時間に三人も出発した。

（九）

澤田の家の近くのスタンドでガソリンを入れた。トイレから出てきた片桐が、「はっ」と言ってトランクを開け、バッグをひっくり返している。

「忘れ物か」

「そうみたい」

しばらく探すと、彼女は呆然《ぼうぜん》として、

「ないよ、やっぱり」と言った。

「何探してるんや」

「カッツォからもらった貝。澤田んちに忘れた」

「鞄《かばん》に入ってへんの？」

「ないの。洗濯するときにポケットに入ってたのを棚に置いたの、それで忘れちゃったみたい」

「戻るか」

「ばか、もう今頃あいつ客先だよ」

「送ってもらったら？」

「だって、送ってもらって割れてたりしたらもっと悲しいじゃん。もういいんだよ、諦《あきら》めるよ」

「いいのか。お前さんには大事な物なんだろう？」

「ごめんね、カッツォ」

片桐は陰気に言った。河野は助手席に乗り込みながら、

「またうちのが引っ越ししたらとっとくさかいな」と子供を慰めるように言った。

「ううん、あれがよかったの、大きさも、色も、すごい気に入っていたの」

片桐の声はだんだん小さくなっていった。そして黙り込んでしまった。

住所と地図を見比べながら、河野は助手席から姉の家を探した。番地が近づくにつれて不安が雲のように湧《わ》きあがり、脹《ふく》らんでいく。河野は押しつぶされそうな気持ちになりながら、無表情を装《よそお》った。姉の家は比較的新しい住宅が建ち並ぶ一角にあった。一旦《いったん》表札を確認してから、片桐はその先にある児童公園の大きなけやきの木の陰に車を停めた。

「ちょっと待っててな」

河野は言った。車のドアを開けるとアブラゼミの声が降り注いだ。

逃げ出したい気持ちをこらえながら河野は姉の家の門を開けた。ガレージに車はなかった。姉が外出していればいい、と思った。震える手で呼び鈴を押し、素焼きの鉢からこぼれんばかりに咲いているベゴニアに目を落とした。家の奥から「はあい」という明るい声が聞こえた。やがてドアチェーンをかけたまま、「どなた?」と言う声とともにドアが細く開いた。

「勝男やけど」自分でも声がこわばるのが判《わか》った。

「何しに来たん」

姉の声がさっきとはうって変わって低く、硬い調子になった。相手がこちらを見ているのは判ったが、河野からはドアチェーン越しの姉の顔と手らしい色が見えるだけで表情まではわからなかった。

「何って、あの……」

河野は口ごもった。元気そうやなと気軽に言える雰囲気はどこにもなかった。

「あんたに用はないわ。帰り」

姉は冷たく言い放った。

まだ彼女は恨みに思っているのだ。河野にはやり直したいという思いがあった。来れば話がゆっくりできると思っていた。しかしどうやって話を切り出したらいいのかまるで判らなかった。

「ちょっと待ってえな」

河野は大きな声を出した。ショルダーバッグに入っている形見の黒真珠のネックレスのことを思った。早く渡してくれという祖母の声がするようにも思えた。しかし言いだせなかった。家の中では子供の声がしていた。

「なあ、ちょっと……」

目の前でドアが河野の思いを遮断するように閉じられた。鍵《かぎ》のかかる音がした。

河野は玄関にまだ息をひそめている気配の姉にむかって言った。

「帰って、て言うてるやろ」

低い、怒りを含んだ声がした。それから姉の気配は消えた。

河野はGTVに向かって走った。逃げるように走って、ドアを開けて飛び込んだ。

「どうだった？」

河野はしばらく黙ってじっと動かなかった。やがて、白い封筒に入った黒真珠のネックレスを片桐に押し付けるようにして、

「これ、おまえにやる」と言った。

「だめじゃん。絶対だめ、お形見なんだから。あたし、行ってくるよ」

「おまえは関係あらへんやんけ」

「じゃあ、どうするのよ、そのために来たんでしょ？　関係が悪くなったって渡すものは渡さないとだめだってば」

「受け付けへんて」

片桐は、河野に一度突き返した白い封筒をそっと取り上げた。河野は片桐をぼんやりと見つめた。

「行ってくる」

十五分が過ぎて、門が開き、片桐が現れた。ゆっくり歩いて帰ってきた。河野を見て笑って手を振った。

「なんでやねん」

「ちょっといんちきをしたのよ」

「いんちきって？」

「あたしがカッツォの恋人だって言ったの。くれるって言うけれどよく聞いたらお形見だと判ったから返しに来たって言ったの。ちゃんと受け取ってくれたよ。カッツォには悪者になってもらったけど」

「そんなんええねんけど」

「でも、とにかく用事は終わったね」

「おおきに。ほんまに片桐には頭上がらんわ」

そう言いながら河野は自分を恥じた。何かが変わるかと思って新潟まで来たのに、なにもできなかった。ファンタジーと片桐に話をして、片桐に解決してもらっただけだった。


車は新潟駅に向けて走っていた。

「これで終わりなんだ」と片桐が言った。

「一人やから、気つけなあかんよ。あんまり飛ばしたらあかんよ」河野は言った。

「どうして旅の終わりってこんなに嫌なのに、また旅に出るんだろうね」

「なんでやろうな」

「俺様にもわからん」

「あたしのファンタジーは終わりだ」

片桐はファンタジーにむかって言った。

「終わらない」

ファンタジーは言った。

片桐は答えなかった。

「終わらない」

ファンタジーはもう一度、断定した。

「だってあたしはもうファンタジーに会うことはないんだろ？」

「わからん。俺様にはそういうことはわからん。ただ、人間が生きていくためには俺様が必要なのだ。お前さんのこれからもそうだ」

「そ？」

「ああ、だから、お前さんが生きている限りファンタジーは終わらない。俺様のことなんか忘れてもいいのだ。それは致し方ないのだ。だが、お前さんの中には残るのだ」

片桐は車を路肩に寄せた。車を停めてファンタジーを食い入るように見つめた。

「なあ、片桐。目的地と目的は違うんやで」

河野が言った。

「あたしの目的って？　そんなのわかんないよ。もしここで気が変わってカッツォのとこに引き返したって、直江津からフェリーに乗って北海道とか九州とか行ったたって、あたしは結局東京に帰るよ。目的地はいつも東京だよ。終わりは来るんだよ」

「いいんだ。あまりいろいろ知らなくても。大丈夫だ、お前さんは」

ファンタジーが言った。片桐はこっくり頷《うなず》いた。それから「疲れた」と言った。

「寝てええで」河野が言った。

片桐は最初に敦賀に来た日の真っ黒なサングラスをかけた。シートを一杯まで倒して、顔を向こう側にそむけてすぐに眠りに落ちた。河野は頭の後ろで手を組んで、眠っている片桐を横目で見守った。

片桐は新潟駅の近くのパーキングに車を入れた。

「ところで、俺様はここから北海道に行くことになっておる」

車を降りながらファンタジーが言った。

「えっ、ほんまに」

「シマフクロウが俺様のことを待っているらしい」

「そうなん」河野にとってそれは初めて聞く話だった。

「うまくやれよ」

ファンタジーは河野に言った。それから「お前さんもな」と片桐に言った。

「またな」と河野が言った。

「あたしは忘れないよ」

と片桐が言った。ファンタジーはにやりと笑った。そして前触れもなくかき消えた。目の前の無にむけて片桐は軽くクラクションを鳴らした。

いいと言うのに片桐は改札口まで送りに来た。

ホームに降りる前に河野が振り返ると、片桐はまだ改札にいて河野を見ていた。河野は、片桐に愛されている実感をかつてない程感じた。改札までひきかえして、片桐の前に立った。片桐は激しく泣きじゃくった。自分の報われない気持ちと闘っているのがわかった。だがそれに対する河野の回答は白紙だった。

「僕がここから見送るから。片桐が帰って」

河野は自分のハンカチを出して持たせてやった。片桐はなにか言おうとしたが、「ひ……」としか言えなかった。

「ええから。ハンカチは持って帰って。な」

そっと片桐の肩に手をそえて出口の方を向かせた。通り掛かった男子高校生達が「愛だよ、愛」と笑った。河野は聞こえないふりをした。片桐は自分の肩におかれた手をそっと握って出口の方をむいたまま、

「……ひゃね……」と言った。

「ああ。またな。また敦賀にも遊びに来てな」

何度遊びに来ても片桐の望む回答は出ないだろう。片桐の姿が見えなくなると河野はホームに降り、特急白鳥《はくちょう》に乗り込んだ。敦賀まで五時間近くかかるはずだったが、それは苦にならなかった。河野は座席に腰を下ろすと深いため息をついて、目を閉じた。

（一〇）

九月になると、海水浴に来ていた他県ナンバーの車がすっかり姿を消して、敦賀は元の静けさを取り戻した。

かりんは二週間に一度は敦賀まで来て泊まっていった。前日になると河野はいそいそと窓ガラスを磨いたり、彼女が使うスウェットやシーツを揃《そろ》えたり、食材を買い整えたりした。彼はそういう時間が好きだった。かりんは河野と会うなり本社への不満や、設計と現場との確執を滔々《とうとう》とまくしたてたが、言うだけ言うとすっきりするらしく、美浜町に夕陽を見に行くころには、二人はゆったりと沈黙に包まれて寄り添った。

河野はどうしても姉との過去をかりんに言えないでいた。かりんを好きになればなるほど、自分の罪は取りかえしのつかないものに思えた。話せば今の関係は壊れてしまうのではないかと恐れた。

二人は布団《ふとん》を並べて眠ったが、お互いの領域を侵すことはなかった。かりんがセックスレスのことをどう思っているかもわからなかったが、彼女からの誘いはなかった。待っているのだろうか。きっかけさえもつかめない今のままの方がいいのだろうか。無理に前にすすまない方がいいのだろうか。河野は、夜中に目を開いてかりんの寝息を聞きながら思いをめぐらすことがあった。

寒くなると、かりんはダウンのコートに分厚いウールの帽子をかぶってジープでやって来た。釣りに連れていくと喜んだ。アジがたくさん釣れるとアジだけの手巻き寿司《ずし》をした。

寒さがゆるむと市民農園で冬の野菜を収穫した。河野がカブでシチューを作ると驚いた。

雪の降る日はゆっくり時間をかけてパンを焼いた。かりんが動物パンを作ると言って聞かないので河野はレーズンを買いに雪の街に走った。何度も生地を発酵させて、かりんはアシカパンを作った。河野はブルドッグパンを作ったが見るからに美味《おい》しくなさそうだった。

かりんは河野のすることは何でも面白いようだった。名古屋の街中で生まれ育ったので海や土が身近だったことがない、と言った。

河野は夕方四時になるとラジオの気象通報を聞いて天気図を描いた。何が面白いのかとかりんに聞かれると、空を飛んでいるみたいだから、と答えた。各地点の情報を集めれば、衛星から鳥瞰《ちょうかん》するアジアの、日本の、敦賀の天気や風の流れを読むことができる、それが面白いのだった。

「空を飛ぶってていったら」かりんは言った。

「シュノーケルつけて泳いでるとき。ウミガメになって空を飛んでいるような気がする」

河野は、ウミガメは空を飛ばないよ、などと言う男ではなかった。透明度の高い海で、海底の起伏や小魚の群れを見下ろしながら静かに移動していく感じは、たしかに飛ぶ、と言った方が合っているような気がした。

冬でも砂のリビングは続けていた。部屋の真ん中にアラジンの石油ストーブを焚《た》いて、その上でココアをつくったり餅《もち》を焼いたりした。河野は滅多に部屋では音楽を聴かなかったから、いつも家の中は静かだった。外では風の鳴る音が聞こえた。

ある夜、二人で焼酎《しょうちゅう》を飲んでいる時にかりんが言った。

「ここの家は変わってるけれど、でもすごく『うち』って感じがする」

「そうか？」

「私ね、人の家を建てる仕事をしてるくせに家族が集まる家を知らないで育ったの。だから『うち』に対する憧《あこが》れがあるのかもしれない」

「そうなんか」

「母が早くに出ていってしまったから。十歳のときで、男の人ができて出ていったってわかったからすごく母を憎んだわ」

「うん」

「それから食事の支度とかまかされるようになって。だから料理が大嫌いになっちゃった」

「おまえ自炊せえへんもんな」

「そうなの。もう全部嫌だった。家を早く出たくて仕方がなくて、高校出たら東京の大学に行くって決めていたの」

「弟さんは？」

「弟はぐれちゃって、私が高校の頃は暴走族に入ってたの。きっと私が母親面《づら》するのが嫌だったんだと思う、家に寄りつかなかった」

「今は？」

「今はちゃんとしてるわ。結婚して父と同居してる。でも私が実家に行くと浮いちゃうの、なんだかね、一回外に出たらあの家の雰囲気と合わなくなっちゃって」

　そういう話が落ち着いてできるのも冬という季節の特徴だと河野は思った。河野は姉の話をするなら今しかない、と思った。

「僕もや、僕は」

しかし彼は躊躇《ちゅうちょ》した。

「事情、があって、ばあさんの家で育ったから」

かりんはどんな事情なの、とは聞かなかった。それを期待する方が不自然というものだった。

「おばあちゃん子なんだ。だから煮物とか上手なのね」

「どうやろ、でも影響はあるかな」

「話戻すね、この家ってね、今、私が設計しようとしても絶対できない家だわ。昔はそんなことなかったんでしょうけど」

「プロから見てどこが違うの？」

「玄関入ったら台所で、そこを通らないとどの部屋にも行けないでしょ？ トイレも台所の奥だし。しかも台所が狭い。いまだとプライバシーとかうるさいから、まっすぐ部屋に行けるように玄関入ったら階段か廊下があるもの。それに来客を玄関からリビングに通すときキッチンを横切っては行かないわ」かりんは言った。

「そうやな」

河野に家の設計のことはよく判《わか》らなかったが、たしかに母親の後ろを通って便所に行くのは面倒な感じがした。

「ここは家族全員がね、帰ってきたら『かあちゃんただいま』っていう家なの。流しのところにいつもお母さんがいて、料理の下ごしらえをしたり、保存食を作ったりしてるの。昔のお母さんってみんなそうだったのよね」

「僕は昔のかあちゃんかいな」

「そう。私が休みになると言いたいことといっぱい抱えて半分仕事アタマで帰ってくるの。聞いて聞いてって。それであなたが変なお漬物とか作ってるの」

「変なは余計やけど、そうやな」

河野はふいに思いついて言った。

「今度から『ただいま』って言ってええで」

かりんは一瞬とまどったような顔をした。

「馴《な》れ馴《な》れしくない？　かまわない？」

「何気にしてんねん」もう、胸の中の苦さは消えていた。

「飲みが足らんのや」河野はそう言ってかりんにお湯割りを作ってやった。

四月の人事異動でかりんの水戸支店への転勤が決まった。河野は動揺したが、かりんは見知らぬ土地で働く不安などみじんも見せなかった。

「ねえ、一緒に住みたくない？」

夕飯を食べ終わって流しの前に立ったかりんは言った。河野も布巾《ふきん》を持ってその横に立った。料理は河野の役割で、食器洗いがかりんの受け持ちだった。

「茨城で？」

「多分、水戸だけじゃなくてそれからも何度も転勤するわ。だから一緒に住むなら早くはじめた方がいいかなと思って」

かりんは落ち着いていた。

「すぐ返事するのは無理かな」と笑う余裕さえ見えた。

河野は水戸で、或《ある》いは他の街で暮らす自分を想像しようとした。かりんとの暮らしを思い浮かべた。だが、新築マンションのキッチンに無為に立ち尽くす自分の姿しか浮かばなかった。それは自分の暮らしではなかった。

「ごめん、あかんわ」河野は言った。

「どうして？」

「僕は結婚とか、そういうのは出来ひんのや。おまえに依存して生きることもしたないねん。僕はここが好きで住んでる。他に暮らしを移すのは無理やわ」

「そうなの」

「僕が帰る場所もおまえが『ただいま』って言うてくれる場所もここしか思い浮かばへん」

かりんはがっかりしたのかもしれないが、態度には出さなかった。

「あなたらしいわね」

と言って、それきり誘うことはなかった。そして一ヶ月たたないうちに水戸に行ってしまった。河野は引っ越しの荷造りを手伝い、岐阜羽島の駅までかりんを送って行った。


かりんは転勤しても月に一度は「ただいま」と言って敦賀に来た。分厚い歴史小説の単行本を持って、四時間かけて新幹線でやって来た。河野は米原《まいばら》まで車で迎えに行った。

秋になると干しイモを食べきれない程持ってきた。日本酒を持ってくることもあった。彼女は納豆が嫌いだったので、河野が頼んでも持ってこなかった。黒のシボレー・ブレイザーに乗るようになって、盆休みや正月休みはそれに乗って敦賀まで来た。名古屋の実家には寄っても挨拶《あいさつ》程度で、残りの時間は河野と過ごした。時には、離れ離れで住むことから来る小さないさかいもあった。だが、河野はかりんが帰ってくるその不規則さをもさっぱりと受け容《い》れていた。

三年後、かりんは四十二歳で部長になった。やっとこれであだ名に引け目を感じずに済む、と笑っていた。新しい赴任地は名古屋支店で、人員は展示場まで合わせると百人を超える大所帯だった。マネジメント部分での仕事量が増えたとかりんは時々こぼした。連日、夜中まで働いているようだった。河野はかりんの体調を気づかった。少し痩《や》せたように見えた。口には出さなくても疲れた顔をしていた。自分が名古屋に行くことはなかったが、近くなったからといって無理に呼んではいけないように思った。

名古屋に赴任して半年が過ぎる頃、かりんはひどく取り乱して敦賀に来た。秋口の冷たい雨が降る晩だった。

ブランデー入りのミルクティを入れてやりながら、河野が、

「どないした？」と聞くと、

「怖いの」と答えた。

「なにが怖い？」

「わからない、わからないけれど怖い」

震えながら手でマグカップを包むようにして紅茶を飲んだ。河野はかりんの肩にブランケットをかけてやった。

「少し軽うなったか？」

「来たら、ほっとした。あなたがいるし、この家はずっと変わらないし」

「いつでも帰って来てええからな」

かりんは一度だけ、すすり泣くような声をたてて河野にしがみついて来た。彼がうなじに口をつけるとかりんは小さな声で、

「抱いて」と言った。

河野の耳の奥にミツバチの羽音のような高揚が湧《わ》いて来た。彼はゆっくりと、だが強い力で砂の床にかりんを押し倒した。かりんの髪に、グレイのニットのアンサンブルの編み目に、砂が入りこんだ。この一瞬の彼の全《すべ》てを受け容れようとする女を、河野は腕の中にしっかりと抱きしめた。長いキスをした。次の段階はもう手の届くところにあった。河野は女の体にそって指を滑らせた。が、その瞬間恐怖が走った。彼は弾《はじ》かれたように自分の殻に引っ込んでしまった。殻の中でもがいた。これはかりんだ、姉ではなくてかりんなのだと彼は頭の中で叫んだ。

変化が起こるはずもなかった。ミツバチは次第に遠ざかり、煙のように飛び去ってしまった。引き潮の浜に二人は取り残された。

どれほどの時間が過ぎたのだろう、なにもかもが完全に静まり返ってから河野は身を起こした。かりんの目から小さな涙がこぼれた。それを親指で拭《ぬぐ》ってやって、もう一度柔らかく抱いた。やるせない顔を見せたくなかった。

「ごめん」

「私こそ……」砂だらけのかりんが言った。

「僕があかんのや」

「気にしてたんでしょう？　ごめんね」

河野は次の瞬間に気がついた、脳裏に漂っていた雲が晴れてきたようだった、もう姉の話をするべきかどうか迷わなくて済む。理由なんかないのだ、ただ勃起しない、性欲もない男だからセックスレスの関係が何年も続いてきたのだ、かりんはそう理解しているのだ。それでもいいと言っているのだ。近親相姦《そうかん》という事件にもう、関わらなくてもいいのだ。実際、河野は原因ばかりにとらわれていて、自分を単なるインポテンツだと考えたことがなかった。河野はファンタジーをつかまえて話したくなった。

その日、初めて河野は同じ布団《ふとん》のなかで、かりんのぬくもりを感じながら眠った。

翌朝、何事もなかったかのようにかりんが言った。

「おねだり、していい？」

「なんや？」

「お誕生日に指輪が欲しいの」

かりんの誕生日はまだ一ヶ月以上先だった。河野は今まで誕生日にはケーキを焼いてやるだけで、物を贈ったことはなかった。

「指輪って重くないか？」

「いいの。だから欲しいの、自分がどこかに行ってしまわないかって心配で、不安なの。なんか身に着けていたくて。ね、お願い」

かりんが河野に物をせがむのは初めてのことだった。

「ええよ。京都にでも買いに行くか」

「忘れてた」

河野はかりんのシボレーを運転して北陸道に乗った。車の中でかりんは言った。

「なに？」

「私ファンタジーに会ったの」

「いつや？」

「水戸のとき」

「何しに来たん」

「納豆が食べたいって」

「おまえ納豆嫌いやろ」

「そうよ。でも仕方なくて買ってきて出したわ」

河野はかりんの困った顔を思って笑ったが、ファンタジーの顔はなぜか思い出せなかった。

「なんぞおもろいことでも言うてたか」

「なにも」

「なにも？　あの一言多いオヤジが？」

「そうなの」

かりんはちょっと困ったような顔をした。

四条河原町の大丸でかりんは迷った末にブルートパーズの指輪を選んだ。そのまま指につけてデパートを出ると、かりんは河野の前に形のいい手をかざした。

「ほら、この色、日本海のこと思い出すでしょ？　どこにいても、敦賀がここにあるの」

女の子なんやなあ、と河野は思った。部長でも年上でも女の子や。河野はかりんのことを愛《いと》おしく思った。

「お守りやな。海の色のお守りや」河野は言った。


河野は米原で名神を降りて電車で敦賀に帰ることにしていた。米原駅の東口に車をつけると、「ちょっと待って」とかりんが言った。

「話があるの」

かりんは河野の目をのぞきこんで言った。河野は嫌な予感がした。

「驚かないで聞いてくれる？」

「ん」河野は頷《うなず》いた。

「来週、入院することにしたの」かりんは言った。

「どこが悪いん？」

「私、がんなの。乳がんなの。それで入院して手術することになったの」

河野は声が出なかった。冗談だろう、と言いたかったが、かりんの視線は光のようにまっすぐだった。確かに顔色の悪い日もあったが、目の前のかりんが重い病に冒《おか》されているとは信じられなかった。

最初は水戸にいる時だった、とかりんは言った。年に一度の健康診断で左胸に小さな腫瘍《しゅよう》が認められた。何も自覚症状はなかった。信じたくなかった。手術はせず、抗がん剤だけで治療を始めた。副作用ばかりが気になった。

名古屋に着任しても多忙な日々が続いた。しばらくは仕事にかまけてろくに病院にも行かなかった。だが、夏場になると体調が急激に悪くなってきた。おそるおそる病院に行くとすぐに乳房切除の手術を受けるように言われた。河野にはずっと言おうと思って言えなかった、とかりんは言った。

「こっちの胸、なくなっちゃうけど、ごめんね」

まるで自分に謝っているかのように小さな声だった。

「大丈夫なんか」

「切れば、多分大丈夫、でも自分が女じゃなくなっちゃうみたいな気がして」

河野は首をふった。かりんは河野の手をとって、左の乳房にあてた。それは全く、存在していた。柔らかく体温に包まれて河野の手の中で無邪気に揺れた。病を含んだ乳房を傷《いた》めるのが怖くて、河野はすぐに手を離した。その代わりにかりんをそっと抱き寄せて髪の香りを嗅《か》いだ。嘘《うそ》だと思いたかった。たちの悪い冗談だったら叱《しか》ってやりたかった。だが、腕の中のかりんは小刻みに震えていた。

（一一）

その部屋は暖色系のインテリアのためか、落ち着いた雰囲気に包まれていた。部屋が一階にあり、車輪のついたベッドがあること以外はちょっとしたホテルと変わらない。ソファがあり、テレビと冷蔵庫と机があり、鍵《かぎ》もかかる。窓からは長い冬を越えようとする庭が見えた。生垣には山茶花《さざんか》が、芝生を挟んで建物に近い方には水仙の花が咲いていた。

河野は怒るというより呆れていた。動悸《どうき》は家を出たときから鎮《しず》まらなかった。今朝の電話でホスピスに入院する、と聞いて敦賀から飛んできたのだった。ホスピスというのは末期がん患者の入るところではないのだろうか。そんなはずはない、河野は自分に言い聞かせた。

ベッドの中のかりんはさらに痩《や》せたように見えたが、辛《つら》くはなさそうだった。

「呼び出しちゃってごめんね」かりんは恥ずかしそうに笑った。

「びっくりさせんなや」

「ちょっと、慌《あわ》てちゃったの」

「なにがや」

「あと半年って言われたの。全然自分じゃそんな感じしないけど」

彼女は言った。河野は自分の耳が信じられなかった。

「うそやろ」

かりんは落ち着いた様子で語った。

手術から二ヶ月後の検診で脊髄《せきずい》と肺にがんが転移しているのが認められた。がんの進行は早く、主治医はこれ以上手術をしても効果が望めない、化学療法しかない、と言った。思い切って余命を聞くと半年から一年、という答えが返ってきた。早期に手術をしなかったからだ、かりんはそう思ったがどうにもならなかった。

最初に浮かんだのはやりかけの仕事のこと、新しい工法の納まり上の問題点をまとめているレポートについてだった。それを追いやると河野の顔が浮かんだ。どんなに悲しむだろうと思った。河野とは正月以来会っていない、もうこれ以上黙っていることはできなかった。かりんは、苦しみたくもなかったし、河野に苦しむところを見せたくもなかった。それで知多半島にあるホスピスを選び、モルヒネを使って痛みを緩和しながら死に向かうことにした。十分なインフォームドコンセントがなされていてもやはり死は恐ろしかった。

かりんはそこまで話すとなにか飲ませて、と言った。河野は魔法瓶のお湯で紅茶を入れてやった。ここまでくるのに、どれだけの葛藤《かっとう》があったことだろうと河野は思った。だが、かりんが冷静であればある程、河野はつきはなされていくような気持ちがした。悪い夢のなかであがいているようだった。

かりんは河野に、いつでも泊まれるようにと本山《もとやま》のマンションの鍵を渡した。部屋はすっかり片づいていてまるで家主が海外旅行にでも行っているかのようだった。だが河野にとって家主の不在は死後の青写真だった。彼はマンションには泊まらず、ホスピスに泊まり込んだ。一度敦賀に帰ってオカヤドカリを水槽ごとホスピスに持ち込んだ以外は、殆《ほと》ど知多にいた。それははじめての、かりんとの生活だった。かりんの家族は父親と弟夫婦が大曾根《おおぞね》に住んでいたがホスピスには一度来たきりだった。

「名古屋にいるのになんでやねん」と河野は言った。

「私が死ぬのを待ってるのよ。死んだらハイエナみたいにお金をとりにくるわ」

かりんはむしろ面白がっているように答えた。


ある日、河野が買い出しで栄《さかえ》を歩いている時、携帯電話が鳴った。画面に表示されていたのは見慣れない番号の電話だった。かけてきたのはかりんの弟だった。

「あんた、姉とつき合うのやめてくれーせんか」切口上《きりこうじょう》で彼は言った。

「はあ?」

「姉から聞いたけど、あんたそもそも無職なんでしょう、姉のこと食い物にしとったんでしょう」

「それは違う」

「乳がんなんて、あんたさえ気をつけとったら防げたはずだがね。初期の段階で触ってわかるっていうでしょう」

「そんなこと今言われても」それは心にあったことだったので河野は動揺した。

「あんたにはな」弟はしゃがれた声で言った。「姉とのつき合いやめてもらって、それから姉からの遺産は全部放棄して欲しいんだわ。我々家族にとってあんたはどえらい迷惑だで」

「かりんの希望通りにしたらええんちゃいますか」

やはり弟達が拘《こだわ》っていたのは遺産のことだった。河野は怒りを覚えた。

「彼女が納得して僕とつき合《お》うてる限り僕はホスピスに行くつもりですから」

そう言うと電話は切れた。


だが河野は不安にかられた。誰かにそれを言いたかった。迷った挙げ句、片桐に電話した。久しぶりの電話に片桐は少し驚いたようだったが、宝くじのときと同じようにぶっきらぼうに答えた。

「仕方ないよ、世の中は職業とかそういうことで人を見てるんだから。あんたが出来るのは仙人として超然としてることだけ」

「じゃあ病人は」

「あんたに看取《みと》ってもらえるのが一番幸せなんだよ」

「ちょっとひどいんちゃうか」

片桐は頑として言った。

「彼女を看取ったら、逃げな。葬式もやめときな。卑怯者《ひきょうもの》になっていいんだよ」

「でもそれじゃ」

「墓の場所くらいは調べてやるよ」

「生きてるんやで。そんな言い方ないやろ」

「あのねえ」

電話のむこうの声が裏返った。

「あんたのこと思って言ってるんだからね。同情とか気休めとか耳ざわりのいい言葉とかが欲しいんだったら他に頼んでよ。だらしないよちょっと」

河野は憤然としてホスピスに行った。かりんは、明るい表情で今朝弟が来た、と言った。

「あなたに電話したみたいね」

「なんでわかるねん」

「やっぱりね、顔にかいてあるわよ」彼女は笑った。

「言葉こてこてやな」河野が言うと、

「名古屋から出たことがないのよ」と言った。

「相当言われたわ。つき合うなって。僕はあくまでここに来る言うたけど」

「私は、あなたのこと言われたから『もう私が死ぬまでここに来ないでちょうだい』

って言ってやったわ」

「おまえ、ほんまに強いな」河野は驚いて言った。

「弟達の言うことで一つだけ私が同意したのは、あなたに物もお金も残さないことなの、必ずもめ事になるから。それでもいい？」

「あたりまえや。そんなもん欲しないわ」

河野が言うとかりんは安心したように横になって少し寝ると言った。河野は彼女が寝入るまで見守っていた。


かりんは少しずつ、衰弱していった。モルヒネの疼痛《とうつう》処置が効いていたので苦痛はなかった。ただ静かに病が陣地を広げていった。歩けなくなると河野は彼女を車椅子《くるまいす》に乗せて梅の花やフリージアの咲きそろった庭に出た。


夕方、河野がランドリーから洗濯物をいっぱいに抱えて戻ってくると、かりんがきらきら光る眼で河野を見ていた。

「さっき、ファンタジーが来たの」彼女は言った。

河野は不意打ちをくらったような気がした。

「シャンソンを歌ってくれたわ」

「へ？　シャンソン？」

「そう、『祭は続く』って歌。ピアフが歌ってたんですって」

「祭？　わけのわからんオヤジやな」

河野は「祭」という言葉が気に障《さわ》った。どういうつもりなんだろう。それが人が生きることであれ、その逆であれ、気に入らなかった。

「ねえ」かりんが言った。

「ファンタジーってもしかしたら」

河野は次の言葉を待たずに、

「あれは只《ただ》の暇人や。役立たずの神さんや」

と言った。河野はファンタジーを不吉な存在だとは思いたくなかった。彼は一切の不吉なことからかりんを守りたかった。だが、彼女の考えまでは変えられなかった。

「ううん、違うと思う」

そういうとかりんは目を閉じてしまった。河野はなんだか嘘を見破られて置いてきぼりをくらった気分だった。かりんは夢の中から来て、夢の中に帰っていってしまったようだった。

ふと、気配を感じて振り向くと白いローブを着たファンタジーが壁に寄りかかって立っていた。河野は驚いて声をたてそうになった。

「なんでここに？」

声をひそめて河野は聞いたがファンタジーはそれには答えず、窓の一隅《いちぐう》を指し示して、

「中村は中村の孤独のなかに入っていくのだ」と言った。

「さびしいやろうな」河野は胸をつまらせた。

「誰もが通る道だ」

河野はふいに思いついて聞いた。

「ファンタジーは人間だったことがあるか？」

「あった……俺様はびんぼう草だったこともあるし、雁《がん》だったこともある。人間だったときはなんというか、まあ、非常に冴《さ》えない男だった」

「冴えないってどんなん？」河野は興味を引かれた。

「電車にはねられて怪我《けが》をしたのだ。それで湯治をしていた。やることがないから川のふちにしゃがんで動物に小石を投げたりしていた。殺《あや》めたこともあった」

「なんやったっけ、知ってるわ、その話」

「妙なことを言うな。貴様とは会わなかったぞ」

「思い出した。志賀直哉の『城《き》の崎《さき》にて』や」

「或《ある》いはそうかもしれん。俺様には現実と非現実の区別がない」

「それにしてもひどい要約やな。あんまりでたらめ言うてたら罰あたるで」

かりんが目覚めたらこのインチキな話をしてやろう、と河野は思った。往生際《おうじょうぎわ》の悪いファンタジーは、

「そうか、作り話だとしたら、俺様はその物語の中に棲《す》んでいたことになるな」と言った。

「なあ、ファンタジー、あんたやったら……」

河野は奇跡を期待した。

「俺様にはどうにもできん」

河野の言葉を途中で遮《さえぎ》って、ファンタジーは答えた。その姿はだんだん色褪《あ》せて壁に溶け込んでいき、最後には壁の小さなシミと見分けがつかなくなって、そして消えた。

ホスピスの庭に沈丁花《じんちょうげ》が咲くようになった。かりんが座っていられる時間が少なくなった。

「あと半年って言われた時には、あなたに何も知らせないで突然消えて、死んだことも伝わらなければいいと思った。でも、知らせてよかった」

かりんは初めて見るような清々《すがすが》しい表情をしていた。

河野はどうしていいのかわからなかった。かりんの痩《や》せこけた肩の上にかがみ込んでそっと抱いた。そのまま、ベッドに寝かせて布団《ふとん》と毛布をかけてやった。

「ごめんね」かりんは手をのばして河野の手を求めながら言った。

「謝ることなんてないやろ」

「もっと、一緒にいたかったね」

指まで痩せてブルートパーズの指輪はゆるくなっていたが、かりんは愛《いと》おしそうに河野と組み合わせた指のそれを見つめていた。

「ああ」河野は辛《つら》くなって、横を向いた。

「また好きな人ができて幸せになってほしいって思うけど、私のことも忘れないでね」

「なに言うてるんや」

「でも私はあなたのこと、好きになれてよかった。今だけでも、あなたと、あなたのことを好きな自分がここにいることがとってもありがたいって思う」

「そんなこと言うな、あほ」

河野はかりんの手を握りしめた。腹に力を入れていないと泣けてきそうだった。かりんは穏やかな目で河野を見ていた。

「僕かて同じや」河野はかすれた、変な声で言った。

「おまえ、ここ出たら敦賀に来いや。一ヶ月でも二ヶ月でもずっとうちにおったらええ。冬は天気悪うておもろないけど、これからはええ季節やで」

かりんは目を閉じた。握った手の力も抜けていた。モルヒネが効いて眠っているのか、それとも聞こえているのかはわからなかった。

次の週にはかりんは傾眠《けいみん》状態となり、週末を待たず息を引き取った。桜の花を楽しみにしていたが、叶《かな》わなかった。

結局、河野は片桐の言った通りにした。かりんの遺体が霊安室に運ばれると、マンションの鍵《かぎ》をベッドサイドの引き出しに入れ、オカヤドカリを入れたヒーター付き水槽と荷物をピックアップに積んだ。彼は臨終と聞いて集まってきた家族や親戚とは目を伏せてすれ違い、敦賀に帰ると、すぐに布団に入った。徹夜が続いてへとへとに疲れていたが眠りは浅かった。夜中に何度も冷たい汗をかいて目を覚ました。

翌日浦底に行き、村井に頼んで水島に渡して貰った。村井は消耗しきった河野の姿を一目見るなり、

「なんかあったんか」と聞いた。

「つき合うてた人が亡《な》くなったんや」と河野は答えた。

「あの、眼鏡した人か」

「そうや、よう覚えてはるな」

村井は、首を振って、

「かっちゃん、妙なことは考えとらんな?」と言った。

「あたりまえや。ただ水島でいろいろ考えたいだけや」

それでも村井は心配なのか、船着き場から船を動かそうとしなかった。

河野は水島の浜にゴザを敷いて寝そべった。低い波がのんびりとゆれていた。かりんと出会ってここに来た日から五年がたとうとしていた。水島はまったく変わらない。村井も、河野も、河野の家も、少しずつ古びていくだけで大して変わらない。ただかりんだけが、在来線と一区間だけ並走する特急のようにやって来て、走って行ってし

まった。自分にはかりんのいない人生が、何処《どこ》までも続く線路のように残されている。水島に来て、かりんがいるわけがない。かりんはもうどこにもいない。どこにもいない。どこにもいない。

風が吹いて、ゴザにかすって飛ぶ砂が、ざざ、と音をたてた。

この美しい風景の中で、河野は今まさになにが起こっているかを思い出した。彼はかりんの葬儀から逃げ出して来たのだった。火葬のことを思うと気が狂いそうだった。名古屋ではきれいな白い煙が一筋空に上るだろう。敦賀の空は曇っていて遠くの煙は見分けられそうになかった。

河野は立ち上がり、砂を払うと船に戻った。村井は吸っていた煙草《たばこ》を消しながら言った。

「俺のとこもおっかあが早うに死んだんや。他人事《ひとごと》やないさけ」

村井は船が浦底に着くと、呑《の》まないかと誘った。

二人は桟橋に酒と干物と七輪を持ちだして座った。ゆるゆるとした空気が漂う春の夜だった。疲れを溜《た》めていた体に地元の漁師が飲むきつい味の日本酒が回った。村井は黙って飲みながらあぐらをかいた自分の左のつまさきを眺めていた。

一ヶ月後、片桐がサニーサイドホームに電話したと言って、桑名の霊園の電話番号をメールで送ってきた。無愛想なメールを見て、河野も短い礼のメールを送った。きれい事を言わないのがいかにも片桐らしいと思い、今はそれがありがたかった。

（一二）

河野は長い昼を、長い夜を、長い季節を過ごした。夢のように暮らし、夢ばかりの短い眠りにうなされた。あらゆる場所にかりんの面影が佇《たたず》んでいた。のどかな海辺に立っても心の乱れは収まらなかった。かりんの後を追いたいとも考えた。だが、そういう気持ちは一過性のものにすぎないことを彼は知っていた。彼はこれまで通り何もせずに生きていくしかなかった。毎月の月命日にかりんの墓参に桑名まで行く以外は、彼の生活は一見ファンタジーが来る前の暮らしに似ていた。

彼はファンタジーが現れるように何度も念じた。しかし気まぐれな神様は時に気配をあらわすことはあっても、面倒なのかそれとも何か考えあってのことなのか、人間の姿になってはくれなかった。

大阪の兄からは時々電話がかかってきた。兄は河野に就職と結婚をすすめた。恋人を亡くした話をすると、大阪に帰って来ないかと言った。だが、河野の答はいつも同じだった。好きな街に住みたい、亡くなった恋人以外は愛せない。兄も粘り強かったが、河野の方が頑固だった。

日に何度も焦燥《しょうそう》にかられた。もっとしてやれることはなかったのか、やはり一緒に住むべきだったのか、毎晩抱きしめて眠るべきだったのか、彼はとりかえしのつかないことを思い悩んだ。彼女の弟が言ったように自分が、早い時期に胸のしこりに気がついていればがんが転移する前に手術することができたのか。彼は答の出ない問いを繰り返した。

結局、自分のことしか考えていなかった。自分がしたくないから、彼女を抱くことができなかった。かりんの立場になることはなかった。かりんはあの夜、手術前の自分の胸を差し出したかったのだ。やがてこの世のものでなくなる自分の体を河野の皮膚の記憶に残しておきたかったのだ。かりんは彼の不能に対する不満で泣いたわけじゃない。チャンスを失って悔し涙を流したのだ。自分は本当に最初から最後まで手前勝手だった、と河野は思った。なにもわかっていなかった。

かりんは、策に溺《おぼ》れるということがなかった。彼女はいつも同じコースに柔らかいカーブの球を投げてきた。河野が見逃しても動揺することはなかった。腹が据《す》わっているのだ。河野は打つ気もないのにバッターボックスに入ってひたすらフォアボールになるのを待っているバッターだった。

片桐は違っていた。彼女は気持ちを隠そうとはしなかった、ストライクゾーンを一杯に使って直球を投げてきた。姉の話をすれば妹のような顔をしたし、恋人の話をすれば女友達の顔をしながら、喜怒哀楽をあらわした。だが片桐の話に本気で耳を傾けたことがあるだろうか。いつでも惚れた弱みにつけ込んで都合のいい時だけ連絡をとってアドバイスをしてもらうだけじゃなかったのか。澤田のような優しさは自分にはない。何も与えない、奪うだけだ。そう思うと一番親しいはずの片桐にさえ電話ができなくなった。

自分を責めることにはきりがなかった。もしかりんがどこからか見ていたなら、そんな河野に困ったような微笑を向けて黙ってしまうに違いなかった。

一年が過ぎ、再び春が来た。桜も散ってしまった頃、彼は自分の女々《めめ》しさに飽きてきた。河野は河野の生活をしなければならなかった。春の陽のなかで、散らかった部屋や汚れた台所がいかにもみじめに思われた。

ある日彼は立ち上がり、家中の窓を開けた。そして掃除を始めた。

河野は少しずつ元の生活に戻っていった。リビングの砂を入れ替え、天気図を描き、余座《よざ》の市民農園で汗を流した。なにも考えずに働く時間は充実していた。村井と釣りに行くようにもなった。時間が余ると山に行ってわき水を飲み、春には山菜を、秋にはキノコを採った。野菜や山のものを村井の家に持っていくと、息子の嫁は喜んで新しい魚を持たせてくれた。夏の夕暮れには、昔ほどではないが泳ぐこともあった。水島には行かず、水晶浜で泳いだ。自然は彼を迎え入れ、痩せた心に力を少しずつ与えてくれるようだった。

海辺で河野は、いつか片桐の友達が「なにかすることは前に進むことなのか？」と言っていたことを思い出した。ファンタジーはその時「自らが自らを救うのだ」と言っていた。あの頃は意味なんてわからなかった。今は違う。生きている限り人間は進んで行く。死んだ人間は置いて行くしかないのだ。

かりんはそれを恨まないだろう。がんばって、と言うだろう。今まで頑張ったことなど殆《ほとん》どない河野だが、かりんに言われればそうするだろう。

河野はチェロをはじめることを思い立った。高校の頃、学内オーケストラにいたことがある。いつかまた弾《ひ》いてみたいと思っていたのだ。大阪の楽器店に行って、気に入った音色の楽器を選んだ。技術は錆《さ》びついていたが、弾くこと自体が楽しかった。家では反響がきついので、彼は外で弾くことを好んだ。ピックアップの後席にチェロを積んであちこちの浜に行って弾いてみた。意外なことに一番近い気比の浜の音が気に入った。チェロは人の声に近い音程なので心が落ち着くと聞いたことがある。河野もチェロに話しかけるように弾いた。やがてチェロは、河野にとって最も豊かで奥深い話し相手になっていった。

（一三）

片桐妙子は恋人達の誰とも結婚はしなかった。

彼女の恋人はいつも年上の妻子持ちの「オヤジ」か、或《ある》いは一回り以上も年下の、彼女に言わせれば「ボク」だった。結婚を考えなくていい相手と、割り切ってつき合っていた。片桐は恋人のことを自家用車くらいにしか見ていなかった。格好がよくて、強くて機能的な旅の友、それでよかったのだ。楽しんで、飽きれば替えたらよかった。同世代の友達の多くが結婚し、子供を生み育てているのを見ても、特に羨ましさもうしろめたさも感じなかった。

澤田は片桐が遊びで男とつき合うのが許せないようだった。男と別れたと彼女が言うたびに、彼はいつも言った。

「おまえ、もう好きじゃない人とつき合うのやめり」

「なんでさ」

「自分は平気なつもりでも、傷ついてるんだって」

「いいじゃん、傷ついてまた成長するのさ」

「ばかばい」澤田は吐き捨てるように言った。

「ふん、ばかで結構」

澤田の気持ちはなんとなく知っていた。だが彼女にとっての澤田は、恋愛の対象ではなく大事な友達だった。澤田はいつ会っても懐《なつ》かしくて、楽しかった。何でも話すことができたし、時には甘えたことを言うこともあったが、彼女は恋愛という文法で澤田を処理して失いたくなかった。その気持ちは彼にも伝わっているだろうと思っていた。

実際のところ、彼がフランスに行くと言って三十五歳で会社をやめたとき、一番寂しがったのは片桐だった。


片桐は誰とつき合っていても、もしも河野の気持ちが自分に向いたらという思いをずっと捨てきれないでいた。いつか、ワーカホリックの彼女と別れて自分のことを必要としてくれるのではないかと、薄い期待を寄せていた。何年会わないでいても忘れることはなかった。メールや手紙には愛想のない返事が返ってきた。それでも嬉《うれ》しかった。自分と澤田は同じことをしていると思った。馬鹿《ばか》にするわけではなかったが滑《こっ》稽《けい》だと思った。無駄だと判《わか》っていても待つことをやめられなかった。

片桐の仕事は総務から経理、人事へとセクションが替わったが、どこでもそれなりに業務をこなしていた。細かい仕事が好きだったし、信用されるタイプでもあった。出世するつもりはなかった。人事部に行ってからは課長の役職がついたが、それも形ばかりの部下なし課長で自分に見合っていると彼女は思った。彼女にとっての仕事は、例えば赤提灯《あかちょうちん》で常連がいつも座る席のように安心できるちょっとした居場所だった。

仕事がなければ不安だが、やりすぎて仕事にふりまわされることを嫌った。可もなく不可もなくでいいのだと思っていた。

父親が脳溢血《のういっけつ》で死んだ時、片桐は新宿の百人町の実家に戻った方がいいかと迷ったが、母親は元気なうちは一人でいいと言った。母親は、洋裁や書道が趣味で気楽に動き回っていた。片桐は趣味に没頭できる母親を羨ましく思った。彼女の趣味といえば車くらいだった。GTVの後、アルファスパイダーと156スポーツワゴンに乗った。その後がアルファ33だったが、トラブル続きに音《ね》をあげて手放してしまった。それ以来車はずっと持っていない。必要があるときにはレンタカーを借りた。都会ではそれで十分だったが、後になって車のあった頃は楽しかったと思っても、もはや新車の情報には疎《うと》くなってしまったし、中古の欧州車の故障にはもうこりごりだった。かと言って今更日本車を買う気にもなれなかった。

車を手放したのとほぼ同時期に恋人をつくるのをやめた。フランスから戻ってきた澤田に理由を聞かれたが、ただ「疲れるから」と答えた。

（一四）

自由が丘駅の正面口を出ると、ロータリーの柳の木のあたりからストリートミュージシャンの歌が聴こえてきた。女性のフォーク・デュオだった。年は二十歳くらいだろうか、黒のトレンチコートの娘は昔の片桐のようなベリーショートの髪型をしていた。彼女がアコースティックギターを持ち、茶色の革ジャンを着たショート・ボブの娘の方がタンバリンを片手にリードボーカルをとっていた。

やっていた曲はシェリル・クロウの「オール・アイ・ワナ・ドゥ」だった。片桐は懐かしく思って足を止めた。歌だけでなくアレンジもうまかった。聴衆は徐々に増えてきた。若い子が多かった。昔の曲は彼らにとって新鮮なのだろうと片桐は思った。オリジナルが二曲続いた後、最後の曲のイントロを聴いた瞬間、片桐ははっとした。

その曲は「恋はあせらず」だった。

大丸ピーコックの角を上がっていった奥に「ボンノム」というフランス料理店があ

る。澤田はフランスから帰ってくると叔父の下で二年働き、この店を継いだ。

五時をすぎて冬の日はとっぷり暮れたが、店が混む時間まではまだしばらくある。片桐はカウンター席で、ひとり赤ワインを飲んでいる。店が若い人で混むのを嫌って、いつも彼女はこの中途半端《はんぱ》な時間帯に来ることにしていた。

店は、気取らない雰囲気が自由が丘の街と合っているのか、雑誌にも取り上げられて叔父の代よりも繁盛《はんじょう》するようになった。調理の殆どはシェフに任せているが、仕入れと日替わりのメニュー作りは澤田がやっている。今日のメインは魚が鯛《たい》のポワレ、肉がこれから出てくる鴨《かも》のオレンジソース添えだ。

「健啖家《けんたんか》っていうのは、片桐のためにある言葉だな」

口直しに洋梨《ようなし》のソルベを持ってきた澤田が声をかけた。

「今日は片桐の好きな山羊《やぎ》のチーズもあるけんね」

「ね。澤田、ここ座って。グラス一つ持っといで」

「どうした？」

澤田は片桐の隣に腰を下ろして赤ワインを口に含んだ。

「来る途中にさあ、駅前でライブ見てたの」

「そうね?」

「女の子二人組のユニットでね、面白かった」

「ああ、名前忘れたばってん結構人気あるみたいね」

「それで、思い出してさ」

「なにを」

「河野が昔よく鼻歌で歌ってた曲を演《や》ってたの」

「河野? 同期の河野か」

「そう。会社やめて敦賀に住んでさあ。覚えてる? 一度行ったことあるんだ。仙人みたいな暮らししてたよ」

澤田は物を考えるときの常《つね》で、アゴをつまんでひねっていたがようやく「思い出した」と言った。

「そうだ。おまえ河野好いとったな。どげんなりよったと?」

「遅かった。女が出来てた。そんで、その後新潟行ってあんたと会ったの。覚えてる?」

「あんときか、二人で来よったとかいな……よう思い出しきらん……」

「ううん、二人じゃなかったんだけど……」

片桐は含み笑いをしたが、それ以上何も言わなかった。澤田は、ファンタジーのことを忘れてしまっていた。それとも、ファンタジーが澤田のことを忘れてしまったのだろうか。

「生きとっとかいな、仙人は」

「生きてるよ、恋人は病気で亡くなったけど、その後もたまに電話とかしてたもん。ここ一、二年は音沙汰《おとさた》ないけど」

「行ってみたら？」

「だって、もう八年も会ってないんだよ」

胸の中で数えていた八年という数がすっと口をついて出た。

「平気やろ、片桐やったら。そげん言うて欲しかったっちゃろ」

普段はすっかり東京の言葉になっている澤田も、片桐と話し込むと九州の言葉が多くなった。

「あんたは何でもよく判ってるねえ」

「長い付き合いやけね」

澤田は屈託なく笑って立ち上がった。

食事が終わると澤田がコーヒーを持って来た。その時仕立てのいいスーツのポケットから、白い巻き貝を出してコーヒーの脇《わき》に置き、

「ずっと返そうと思いよったばってん、渡しそびれとった」と言った。

片桐は目をみはった。貝を手にとってしばらく眺めた。それは河野から貰《もら》って澤田の家に忘れた貝だった。

片桐はその貝を耳にあてた。海の音が聴こえる。片桐は目を閉じた。手のひらに包み、胸にあてた。

会計を済ませると片桐は澤田に言った。

「私、敦賀に行ってくる」

「おう、がんばれよ」

「今度二人で来るかもよ」

「期待せんと待っとうよ」

片桐は笑いながらカシミヤのコートを羽織ると外に出た。

（一五）

気比の浜で、半ば砂に埋まったテトラポッドに腰をかけて河野はチェロを弾いていた。サングラスをかけ、傍らには白い杖《つえ》を置いていた。何かがふわりと降りてきたのを河野は感じた。ややあって、

「河野、俺だ」という声がした。

「ファンタジーか」

河野は弾くのをやめ、声を出さずにファンタジーの心に直接話しかけた。

「驚いたな」とファンタジーは言った。

「どこでそんなこと覚えたんだ」

「驚くなよ。僕も年とったんや。このくらいのことはできる」

彼らは静かに心を並べて、小石の混じった砂を洗う浅い波の音を左右に聴いた。

「チェロを弾くとは知らなかった」

「僕は昔『セロ弾きのゴーシュ』って本が好きやった。かりんが死んだ後に思い出し

てチェロを買《こ》うたんや」

「かっこうのでてくる話だな」

「そうや。かりんはあの、かっこうみたいやなと思ったんや」

河野は弓をとると「かっこう　かっこう」と弾いてみせた。

「中村は、残念なことをしたな」ファンタジーは言った。

「ああ」

「仕事ばかりしていたな、あいつは」

「最後は部長になったたな。命を削って仕事をしていた……いや、仕事っちゅうのはそういうもんやな。僕が、違《ちご》うただけで」

「貴様はどこで失明したんだ?」

ファンタジーの問いに河野は躊躇《ちゅうちょ》することなく答えた。

「ここや。雷に打たれた。一年くらい前や」

「よくも命があったものだな」

「もう二度目やで。雷に打たれたのは」

「ふむ」ファンタジーは唸《うな》った。

「今日みたいな日やったんや」

河野は言った。見えなくても、湿度や日のあたり具合で天気はわかった。今でも気象通報は毎日聴いているから天気図のイメージもできる。河野は最後に見た気比の浜を思い出しながら話した。

その日もここで彼はチェロを弾いていた。黒い雲が敦賀半島の西にかかっていたので何か一曲だけ弾いて帰ろうと思った。彼はバッハの無伴奏チェロ組曲第1番を弾きはじめた。

それから後のことは河野の記憶にない。人から聞くところだと彼がチェロを手から離して逃げようとしたところに落雷があったと言うが詳しいことはわからない。

気がつくと闇《やみ》の中にいた。電気をつけようと思ったが河野の家ではなかった。彼はベッドに寝ていた。スイッチを探していると村井の声がした。

「かっちゃん、気ぃついたか、ワシや」

「村井さん?」

「そうや。気分は大丈夫か?」

「なあ、村井さん、電気つけてんか。ここ真っ暗や」

「かっちゃん、気落とさず聞いてくれるか。ここは病院で、今は昼間なんや」

村井の話で河野は自分が完全に光を失ったことを知った。彼は動揺した。

「そんな、困るわ。何するにしたって目が見えんと、家のことも、車も、僕一人やしそんなん……」

「連絡とりたい人はおるか？」

片桐のことが頭をかすめた。今まで困ったときはいつでも片桐に頼ってきた。だが知らせて何になるだろう。河野は実家の電話番号だけを告げた。

その夜、大阪の兄が来た。兄は昔と変わらぬ気遣いを見せた。もう意地を張らずに大阪に帰って来いと兄は言ったが河野はここの方が慣れていると言って聞かなかった。母は健在だったが兄夫婦は寝たきりの父の世話をしていた。これ以上負担を増やしてはいけないという気持ちもあった。兄はその日は泊まって翌日役所関係を回って必要な手配を整えてくれた。それ以来月に一度は敦賀にやってくるようになった。


ファンタジーは黙って話を聞いていたが、河野が話し終わると、

「これがそのチェロか」と言った。

「そうや。こいつは助かったんや」

「次に雷が落ちるとき、貴様はチェロを手から離さないだろう」ファンタジーは言った。

「どうやろ……」

河野はそれが予言なのか出まかせなのかを知りたくて、透明な視線をファンタジーに向けようとした。ファンタジーなら何かを、せめて海を見せてくれるのではないかという期待もあった。だが、目の前はいつまでも真っ暗で、ファンタジーは黙ってしまった。二人の間に波の音が横たわった。波はゆるくぶつかって泡立ち、砂にはぜながらしみ込んでいった。

「でも、生きるだけやったらそうは困らへん」

河野は沈黙を恐れた。沈黙は彼が棲《す》んでいるもう一つの闇だった。

「飯もボランティアの人が二日に一度作っていってくれる、レンジで温めるだけでええようにタッパーに入れていってくれるんや。音声パソコンも市から借りた。さすがに砂の床はやめたよ」

「なんだ、そんな最近まで砂をやっていたのか。呆れたな」ファンタジーは笑った。

「目が見えんようになっていろいろ変わったよ。アパートも車も売ったし、農園もあかん、寄付もやめた。釣りは村井のじいさんが二、三回連れていってくれたけれど、じいさんもこの前亡くなってな、それからは行ってへんのや。でもな、耳はほんまにようなった。多分チェロもようなったと思うけど、人の足音とか声の表情とかに敏感になったわ」

村井が死んでから、気の置けない相手と話すのは久しぶりだった。河野はボランティアの若者にはなかなか心を開けなかった。


「あいつらはどうしてるんだ、片桐とか、澤田とか」ファンタジーが聞いた。

「さあ、ずっと連絡してへんな、こっちがファンタジーに聞きたいくらいやわ」

「そうか。実は俺様も久しくご無沙汰しているのだ」


「なあファンタジー、失礼かもしれへんけど」

河野は思っていたことをやっと口に出す気になった。

「なんだ」

「僕はあんたの顔を忘れてしまったんや。思い出せへん」

「それが正しいのだ」ファンタジーは言った。

「外人みたいな顔してはったよな、今となってはこうして会うても確かめられへんし」

「アメリカの雑誌で拾った顔をつけただけだ、体もダミーだって言っただろう、顔なんて無意味なのだ。なんだ、貴様もまだまだだな」

「ほんまに？」

「そうだ。だから思い出せないのが一番正しいのだ。真実とはすなわち忘却の中にあるものなのだ」

ファンタジーは相変わらずの口調で言ったが、河野はなんだか泣きたいような気分だった。別の話をしよう、と思った。

「今は盲導犬を待ってるんや。犬が来たらここまでバスにも乗れるやろ。タクシーに乗らなくて済むやんか」

「犬か、ヤドカリからずいぶん進化したな」ファンタジーは、ふん、と笑った。

「ヤドカリは、楽しいけど感情がなくてさびしいからな」

「犬もあんまり大事にすると中村が妬《や》くぞ」

「大丈夫。妬くのは片桐の専売特許や。かりんは鼻で笑うだけや」

ふいに、河野の脳裏にラベンダー色のシャツを着たかりんの姿が浮かんだ。いままさに笑みを浮かべようとしている優しい唇の形を河野は追った。面影はろうそくの炎のようにゆらめいて消え、闇だけが残された。

「犬がおったら桑名に、墓参りに行けるやろうか」

「行けるとも。どこでも行けるようになる」

「そうなったらええなあ」

河野はふっとため息をついて言った。

「大阪にも一度、帰ってみようかな……」

来たときと同じように突然、ファンタジーは言った。

「おっと、来客だぞ。俺はこれで失礼する。元気で」

「何言うてんのや、もう僕はいつでもあんたと話ができるんやで」

ファンタジーは確かな触感で、河野の肩を叩《たた》いた。河野は笑った。


河野は再びチェロを、パット・メセニーの「レター・フロム・ホーム」を滑らかに弾き始めた。

高みでとんびが鳴いた。

気比の松原を抜けて来た車がブレーキを鳴らして停まる音がした。ドアが開き、歩き出したのはパンプスの音だった。

「カッツォ！　来たよー。カッツォー」

女は叫びながら浜に降りた。砂に靴のかかとをとられながら、不規則な歩調で海の方へ歩いて来る。その足音も声も確かに聞こえたはずの河野は、チェロを弾き続ける。ややや、風が出てきた。

初冬の空には雲が低く垂れこめ、海は鈍い色を空に映していた。西の方に雷雲を含んだその空は盲目の河野が肉眼で最後に見た光景と同じものだった。

＊二〇〇三年以降、ガソリンをポリタンクに入れて販売することは禁止されています。本作は作品が描く時代状況やフィクションであることを考慮し、発表時のままといたしました。

雉始雊《きじはじめてなく》

晴れた日の朝は、夜明け前よりも太陽が昇ってからの方が冷え込みます。東京よりもずっと寒いと思います。外水道は凍るけれど家のなかは凍らないぎりぎりの気温。廊下《ろうか》の天窓には夜中についた霜《しも》が光っていて、わたしは毎朝「エスキモーの氷の家・イグルー」と唱《とな》えます。サネスケはまだ寝ています。目を覚ましてもあったかい布団《ふとん》のなかから出てきません。わたしは容赦《ようしゃ》なく湯たんぽを取り上げ、そのお湯で洗濯を始めます。

玄関では、たぬ吉くんが待ちわびています。女の子なのに「たぬ吉くん」です。鼻のまわりだけが黒くて狸《たぬき》みたいな犬なので生まれた家でそういう名前がつけられました。庭に放してやると嬉《うれ》しそうにお尻を振って跳ね回ります。まだ三歳で、とても元気です。寒いのはいっこうにかまわないらしく、昼間は庭で過ごしています。

わたしは庭に出るとまずは鉄ペグを持って来て、たぬ吉くんの飲み水であるバケツの氷を割ります。鉄ペグというのは、キャンプのときにテントやタープを地面に固定するための短い棒です。十二月までは石で叩《たた》いて氷を割っていたのですが、最近、石器時代から鉄器時代に進みました。石の前は木の棒だったけれど、木器時代という区分はありません。木の器や道具は有機質だから腐ってなくなってしまうということも、加工するのには骨や石を使ったこともありますが、歴史は証拠のないものに名前をつけないからです（わたしは博物館に勤めているので、ついつい歴史の話になると細かいことが言いたくなります）。

さて、鉄ペグで突いているうちに氷に穴が空き、いくつかの穴が繋《つな》がるとやっと蓋《ふた》みたいな氷が割れて、取りのけることができます。厚みは三センチくらい。日に透かすとガラスの皿のようでちょっと勿体《もったい》ないようですが庭に投げます。わたしは、流しに捨てた氷でも、庭に捨てた氷でも、いつの間にかなくなっているのが好きです。

年が明けてから隣の家の庭に黄色い蠟梅《ろうばい》がたくさん咲きました。久しぶりに花というものを見た気がします。梅はまだつぼみだし、水仙やスノードロップも東京と違って三月にならないと咲きません。刈り取った後の田んぼには、明後日の道祖神祭《どうそじんまつり》のどんど焼きのための大きなやぐらができあがっています。背の高い竹を組み合わせたやぐらは円錐《えんすい》形で、小屋の壁は藁《わら》でできています。真っ青な空に竹の緑が映《は》え、てっぺんにくくりつけてある真っ赤な達磨《だるま》が朝日を浴びて輝いています。クリスマスツリーなんかより余程見栄えがいいと思います。どんど焼きは正月の注連飾《しめかざ》りや門松、去年の達磨などをやぐらごと燃やす豪快《ごうかい》な行事です。まゆだまと言って、色とりどりのお餅《もち》を木の枝に刺したものを、どんど焼きの火であぶって食べるのを、この辺りのこどもたちは楽しみにしています。

道路脇の溝に僅《わず》かに残った水は完全に凍っています。段差のところでは氷がつららのように垂れ下がっています。水が流れながら凍ってしまったことがわかります。散歩はこの用水路沿いから取水口へ、そのあとは川沿いの道をだらだら下っていくのです。わたしは毎朝、歩きながら犬体操をします。片手に紐《ひも》を持って空いている方の腕をぐるぐる回し、体を後ろに捻《ねじ》ってから脇を伸ばします。紐を持ち替えて反対側も。犬が最初に立ち止まったらアキレス腱を伸ばし、二度目に立ち止まれば伸脚をします。身体がほぐれてくると、ぽかぽかしてきて気持ちがいいのです。

カーブを曲がって橋のところまで来ると景色が大きくひらけます。関東平野に半島のように突きだした山々が三重になっているのも見えます。手前のなだらかな丘は観音山丘陵、その奥のどっしりしたのが御荷鉾《みかぼ》山地、一番奥の山脈の、平野に細長く突きだしているところが埼玉県の寄居町《よりいまち》のあたりです。この山脈はずっと奥まで繋がっていて御荷鉾山地の向こうに高い峰をのぞかせているのは秩父市になります。夏は霞《かす》んでほとんど見えませんが、空気のきれいなこの時期は山がとても近く、クリアに見えるのです。

橋を渡れば遠くに八ヶ岳《やつがたけ》の峰が雪をかぶってきらきらと輝いていて、西にはほかのどんな山にも似ていない妙義山《みょうぎさん》、碓氷峠《うすいとうげ》をはさんで北西には浅間山《あさまやま》が見えます。浅間山は軽井沢よりも、こちら側から見るのがかっこいいのです。富士山のような形をしていますが裾まで雪をまとっているので、生クリームをたっぷりと塗ったケーキを思い出します。ユーハイムのフランクフルタークランツを食べたことがありますか。わたしたち姉妹が大好きだったケーキです。山は真っ白ですが、この辺りではそんなに雪は降りません。降る回数としては東京と同じくらいです。

さて、一心不乱に進んでいたたぬ吉くんが、立ち止まってこちらを見上げました。気が済んだということみたいです。折り返せば正面には優しいかたちの峰が並んだ榛名山《はるなさん》、東側には堂々たる裾野を広げた赤城山《あかぎやま》があります。一番遠くには真っ白な谷川岳《たにがわだけ》も見えますし場所によっては武尊山《ほたかさん》の立派な姿も見られます。赤城や榛名よりずっと古い山である子持山《こもちやま》も顔を覗かせます。いいお天気で、まだ風も出ていないのですが、赤城山の北面には灰色の雲がかかっていて、沼田市や昭和村は雪かもしれないとわかります。谷川の向こうはきっと大雪でしょう。

サネスケはわたしが散歩に出かけた後に起きるのです。家に戻れば朝食の支度が始まっています。

「冷凍ごはんが一つしかなかった。雑炊のひと。パンのひと」

わたしはパンのひとです。お正月は餅ばかり食べていたのでパンが欲しいのです。同じ理由でサネスケはお米がいいと言います。雑炊を作る前に分けておいた昨日の豚鍋のだしは、薄めてドッグフードにかけてやるとたぬ吉くんが喜びます。サネスケがベーコンエッグとサラダを作ってくれる間にたぬ吉くんもごはんを食べ終わり、わたしたちが朝ごはんにするころにはベランダの日なたでくるくる回って寝床を定めると脚を舐《な》め始めます。じきに毛布の上に丸くなって尻尾の方に鼻面をつっこんでぐっすり眠ることでしょう。

わたしたちはダイニングテーブルに向かい合って朝ごはんを食べます。

「昨夜《ゆうべ》、地震があったね」

サネスケはレンゲを置いて言いました。かれは猫舌なのでできたての雑炊を食べられないのです。

「気がつかなかった。何時頃？」

「十二時過ぎかな、揺《ゆ》れたよ」

「まだ仕事してたの」

「うん」

「ロミオは鳴いた？」

「鳴いた。今年初めて生存確認ができた」

ロミオというのは裏に住んでいる野生の雉《きじ》。地震が来ると、揺れる前に「キキーッ、キキーッ」と、警戒の声で鳴きます。なぜロミオかと言うと、毎年春先になると、寝室の窓の下で求婚の歌を歌うからです。求婚の歌は、警戒音とは違う「ケ！　ケーン」という鳴き方です。シェイクスピアの『ロミオとジュリエット』を知っていますか。恋人の家の窓の下に忍《しの》んでいって愛を語る、そのロミオにちなんでいます。

「ロミオって越してきたときにはもう住んでたよね。同じ鳥なのかな」

「子供の代かもしれないよ」

そう言いながらサネスケは調べ始めます。設計士という仕事柄なのかどうかは知らないけれど、気になったらすぐに調べないと気が済まないひとです。雉という鳥は地震のときも揺れる前に鳴きますし、朝も日の出のちょっと前に鳴くのですが、せっかちなところはサネスケと似ています。

「十年から五十年だって。大ざっぱだな雉の寿命」

「十年なら同じ鳥かもしれないね」

　わたしたちが結婚してここに来たのは八年前ですから、それからのおつき合いというこことになるのかもしれません。でも、住んでいるのはロミオだけです。雉はちょっと変わった鳥で、お嫁さんがあちこちにいて、お嫁さんの方からロミオを訪ねてくるのです。

「非常食としても、長持ちだな」

　サネスケは何かあったら雉を捕まえて食べるつもりなのです。わたしはいやだなあと思います。

「やめてよ。名前つけた動物は食べられないんだよ」

「いざとなったら食うよ俺は。桃太郎だってそのつもりで連れてったに違いないんだ。まあ、猿は食えないけどさ。鬼ヶ島できびだんごが尽きたら最初にやられるのは雉、そのつぎは犬だろう」

「それじゃ、太郎が鬼みたいじゃない」

「じっさい、そうなんだ。内なる鬼が太郎のなかにいるんだよ」

「捕まえられるはずがないよ」

　雉が走るのをみたことがありますか？　びっくりするほど走るのが速いのです。たぬ吉くんでも追いつけません。ましてや小太りのサネスケなんかに捕まるはずがありません。

「そこは知恵くらべだよ。飛べないだろ雉って」

「飛ぶよ！」

思わず大きな声になりました。こんなに近くに住んでいて、そんなことも知らないのかと思ったのです。

「へただけど飛ぶよ！　前に鳥の研究者の先生が『鳥だって飛びたくて飛んでるわけじゃない』って言ったけどあれほんとだと思う。やむを得ないときに飛ぶんだよ」

「うそ。それほんとにロミオ？」

「ロミオだってば。あぶなっかしかったけど、こないだなんか裏の小学校越えたんだよ」

でももう、仕事に出かけなければならない時間です。わたしは慌ただしくお化粧をし、その間にサネスケがテーブルと食器を片付け、ゴミ出しの準備をしました。二人とも出勤は車です。

仕事が終わると、買い物をして帰ります。随分《ずいぶん》日の入りが遅くなりました。太陽が山の陰に隠れてからの明るい時間が長く感じられます。気温がすとんと下がります。昼間に激しく吹きつけた空っ風は完全に止んでいるので、街の中でもとても静かで、なんだか別の日のような気がするのです。今日はほうれん草が安かったので、ホタテ貝の紐と一緒にグラタンにしました。わたしは全然平気なんだけれど、うちにはシチューやグラタンは白いごはんと合わないと言って騒ぐひとがいるので、鶏を茹《ゆ》でてそのおだしとしめじでごはんを炊きます。海南鶏飯《ハイナンチーハン》といいます。

「昼はなんだったの」

できあがった鶏飯をよそいながら、サネスケが聞きます。そしてわたしが答える前に「俺はなめこ蕎麦だった」と言います。

「とんかつ。そうそう、とんかつ屋で珍しいひとに会った」

「俺も知ってるひと？」

「映画祭のボランティアで一緒だったコシガヤさん」

「ああ、草木染めのコシガヤさんか。そりゃ珍しいね」

田舎ではよくあることですが、夫婦で共通の知り合いは多いのです。気の合いそうなひとがいるよ、と友達に紹介されたら、以前から知っているひとだったりします。

「たまたまカウンターで隣だったの。最初気がつかなかったんだけど、豚汁の蓋をちょっとだけ開けてね、まるで豚汁に挨拶してるみたいだなって思って顔見たらコシガヤさんだった」

「ほう」

「でもなんか恥ずかしいよね。一人でとんかつ食べに行くときって、みなぎってるときだから」

「大盛頼んだときもそうかな。ていうか、あなたみなぎってたの？」

「午前中の会議がくだらなくてね。えいやっと思ってとんかつ食べに行ったの」

とんかつを食べると幸せな気分になりますが、ちまちました気分のときは食べる気になりません。なにかを吹っ切りたいとか、希望を見いだしたいという強い気持ちがなければ、女一人でとんかつ屋に入れません。コシガヤさんにもきっと何か気合いを入れたい事情があったのでしょう。話はしなかったけれども目が合うとにやりと笑って、不思議な連帯感が生まれました。

「そういや、七十二候《しちじゅうにこう》で『雉始めて雊《な》く』っていうのがあるんだ」

サネスケは昼休みに調べたらしいのです。七十二候ってなんだっけ、と聞くと、ちょっと得意そうに教えてくれました。

昔の暦《こよみ》にある季節の節目で、春分とか夏至という言葉なら聞いたことがあるでしょう？　全部で二十四あるので、二十四節気《にじゅうしせっき》と言います。冬なら立冬や冬至、そして年が明けると小寒です。七十二候はそのさらに細かい分類です。実質五日間くらいのことだそうです。

「雉が鳴くって、いつなの？」

「ちょうど今頃だよ。今年は十五日から」

「じゃあ、道祖神の日だね」

「でもまだ雉なんて鳴かないよね」

「まだ早いよな」

少し黙って、それから二人同時にあっと思いました。

「旧暦だから！」

「新暦だといつかな」と言いながら、サネスケは素早く確認しました。「三月初め。旧暦の一月十五日が三月二日だって」

「なら、あり得るね。三月なら鳴くよ」

地震のときに雉が鳴くことを知ったのは二〇一一年の震災の年でした。余震におびえた時期、人間だけじゃなくて鳥も怖いのだと思ったことを思い出します。そして、明け方の求婚の鳴き方とは違うこともそのときに覚えたのです。

七十二候は文章になっているので面白いですよ。「ぼたん花さく」とか、「つばめ去る」とか、「霜はじめて降る」とか。昔のひともわたしたちと同じように景色や花や動物を見ていたことがわかります。もしも興味があったら、一緒に調べてみましょうね。


ご両親の事故のこと、ほんとうに残念で悲しかったです。わたしにとって、あなたのお母さんは仲良しの大事な妹だったので今でも信じられない気持ちです。ごはんはちゃんと食べられますか？　夜はぐっすり眠れますか？　つらい思いをされているところに、こんなのんきな手紙で、呆れてしまったかもしれませんね。今日、この手紙を持っていくのはわたしたち夫婦はこんなところに住んでいて、およそこんな暮らしをしているよ、と伝えたかったからです。

のんびりで間が抜けているかもしれないけれど、よかったら一度、遊びにいらっしゃい。それで来年から田舎の中学校に通ってみてもいいなと思ったら、ずっとここにいていいんです。もちろん、大人になるまで住んだっていいんです。たぬ吉くんといっしょに、お待ちしています。

解説　たしかさでつながっていく

いしいしんじ

この作品をはじめて読んだ二〇〇三年、ぼくは、三浦半島の突端の港町に、古い一軒家を借りてひとり住まいしていた。埠頭の見える窓を開け放し、畳にすわって文芸誌のページをめくった。

読み終え、ページをとじたとき、自分がこれまで読んできた小説のなかで、いちばんたいせつな話だ、と思った。二十年近く経ったいまも変わらない。「海の仙人」は、ぼくにとって、過去現在未来をとおし、日本語で書かれた作品として、もっともたいせつな小説でありつづけている。

だから、文庫解説の依頼があったとき、驚くと同時に、どこか深いところで得心がいった。たいせつさは、このようなたしかさでつながっていく。とどいたゲラの束はまるで四角く白いファンタジーのようだった。そうして読み進むうち、ぼくは、ファンタジーが登場する冒頭以外、物語の展開をまったくおぼえていないことに気づいた。やはり、驚くと同時に、深い納得感につつまれながら、まっさらな気持ちでページをめくった。作中にあるとおり、「思い出せないのが一番正しいのだ。真実とはすなわち忘却の中にある」。

ファンタジーがくるのは春の終わりと相場が決まっている。梅がひらき、枇杷《びわ》がみのるように、河野の前にファンタジーはやってくる。「ファンタジーか」「いかにも、俺様はファンタジーだ」。ふたりはピックアップトラックに乗りこみ、カーステレオから流れだした楽曲に、「なんというセンスだ」と、ファンタジーは呆れ声をあげる。浜の砂を敷きつめた平屋で、ふたりの同居がはじまる。

石がたがいに当たり、ころころ転がっていくように小説がすすむ。無駄なことばは一文として、一句、一字としてない。これも、驚くべきことだが当然と思える。ことばを読む、というより、目できいている。目をひらいてさえいれば、川のせせらぎか波音のように、ことばが向こうから注ぎこむ。

「飛び出せ！」そう叫ぶファンタジーを、誰もが、好きにならずにいられない。ことば自体が磁力を帯び、読み手のこころを引きつける。こうでしかありえない言いまわしで、そこでしかありえないタイミングで。

「ねえ、子供の頃、なんて呼ばれてたか教えて」ではじまる、河野とかりんの対話。ことばとことばが、寄りあい、触れあい、たがいに引きつけあっているのがわかる。星と星、砂と波のように。胸の底に、ほほえみのかたちの穴があく。ぼくはこんなにうつくしい会話のことばをこれまで読んだことがない。

そして片桐。揺るがぬ中心。けれどもよくみれば、回転するコマさながら、彼女の足もともゆらゆら動いている。揺れながら足を踏んばっている。その様に、作中の皆、むろん読者もこころを持っていかれる。

書き手は小説を信じている。信じ切っている。読者にそれが伝わる。読み手も信じ切って小説を読むことができる。一切の無駄がないのは当たり前だ。森に、庭に、海辺に、無駄なものなどひとつとしてあるわけがない。「海の仙人」の無駄のなさは、そのようなたぐいのものだ。

それぞれの人間が、ほんとうに、それぞれの人間として生きる。生きるほかない。澤田は澤田。片桐は片桐。河野は河野。無駄な人間などひとりとしていない。生きる意味がみえなくとも生きてさえいれば前にはすすむ。無駄のなさはときに生の苛烈さをうむ。それでもひとは生きる。生きているうち、無駄な時間などほんとうは一瞬としてない。

ただ淡々と、ことばをつむいでいくだけではない。（一三）の一行目でぼくは声をあげて驚いた。視点のきりかえ、転調、ギアチェンジ。それ以上のことがこの一行でおきている。それは著者の、小説家としての、いのちがけの跳躍だ。跳びたいから、でなく、跳ぼうと決めて、でもなく、著者はここで、小説のために身をなげうった。身をかけて、「海の仙人」を、最後まで生かそうと決めた。河野や片桐と同じく、絲山秋子も、その生を生きるほかない、かけがえのない、ただひとりの人間だから。

白い巻き貝が手に戻ったとき、片桐は、この世はそんな、ひどすぎるわけじゃない、と思ったろう。河野は浜にペグをたて楽器を弾くとき、一瞬いっしゅん、生きていくささやかな意味をみいだすはずだ。ファンタジーはそうした瞬間のため、ぼくたちのまわりに顕れる。話し、唄い、食べ、飲み、ほほえみのかたちの穴をぼくらの胸に残す。

「海の仙人」がこの世にあること。こんなにもていねいに、いのちがけで、ひとりの人間によって書かれたこと。それは、途方もない驚きでもあるし、やはり、当たり前、という気もする。読み終わったいま、ぼくは、この小説のたいせつさをかみしめている。そうしてまた、いつしか展開を忘れ、再度ページをひらくたびに、この世に生きるささやかな意味を、胸の穴の奥に、白い巻き貝のように見いだすだろう。

（小説家）

◎本書は二〇〇四年八月に新潮社、二〇〇七年一月に新潮文庫で刊行された『海の仙人』に「雉始雊」を増補し再文庫化したものです。

［初出］
◎海の仙人……「新潮」二〇〇三年一二月号
◎雉始雊　……「群像」二〇一八年一月号（所収『掌篇歳時記　春夏』二〇一九年四月、講談社）

海《うみ》の仙人《せんにん》・雉始雊《きじはじめてなく》

二〇二三年二月一〇日　初版印刷
二〇二三年二月二〇日　初版発行

著　者　絲山秋子《いとやまあきこ》

発行者　小野寺優
発行所　株式会社河出書房新社
〒一五一－〇〇五一
東京都渋谷区千駄ヶ谷二－三二－二
電話〇三－三四〇四－八六一一（編集）
〇三－三四〇四－一二〇一（営業）
https://www.kawade.co.jp/

ロゴ・表紙デザイン　粟津潔
本文フォーマット　佐々木暁
本文組版　株式会社創都
印刷・製本　中央精版印刷株式会社

Printed in Japan　ISBN978-4-309-41946-6

忘れられたワルツ

絲山秋子 41587-1

預言者のおばさんが鉄塔に投げた音符で作られた暗く濁ったメロディは「国民保護サイレン」だった……ふつうがなくなってしまった震災後の世界で、不穏に揺らぎ輝く七つの“生”。傑作短篇集、待望の文庫化

薄情

絲山秋子 41623-6

他人への深入りを避けて日々を過ごしてきた宇田川に、後輩の女性蜂須賀や木工職人の鹿谷さんとの交流の先に訪れた、ある出来事……。土地が持つ優しさと厳しさに寄り添う傑作長篇。谷崎賞受賞作。

小松とうさちゃん

絲山秋子 41722-6

小松さん、なんかいいことあった？——恋に戸惑う52歳のさえない非常勤講師・小松と、ネトゲから抜け出せない敏腕サラリーマン・宇佐美。おっさん二人組の滑稽で切実な人生と友情を軽快に描く傑作。

夢も見ずに眠った。

絲山秋子 41930-5

夫の高之を熊谷に残し、札幌へ単身赴任を決めた沙和子。夫婦であっても共有しえない孤独と優しさを抱えた二人は次第にすれ違い、離別を選ぶことになったが……。

岸辺のない海

金井美恵子 40975-7

孤独と絶望の中で、〈彼〉＝〈ぼく〉は書き続け、語り続ける。十九歳で鮮烈なデビューをはたし問題作を発表し続ける、著者の原点とも言うべき初長篇小説を完全復原。併せて「岸辺のない海・補遺」も収録。

暗い旅

倉橋由美子 40923-8

恋人であり婚約者である“かれ”の突然の謎の失踪。“あなた”は失われた愛を求めて、過去への暗い旅に出る——壮大なる恋愛叙事詩として文学史に残る、倉橋由美子の初長篇。

あられもない祈り

島本理生

41228-3

〈あなた〉と〈私〉……名前すら必要としない二人の、密室のような恋——幼い頃から自分を大事にできなかった主人公が、恋を通して知った生きるための欲望。西加奈子さん絶賛他話題騒然、至上の恋愛小説。

窓の灯

青山七恵

40866-8

喫茶店で働く私の日課は、向かいの部屋の窓の中を覗くこと。そんな私はやがて夜の街を徘徊するようになり……。『ひとり日和』で芥川賞を受賞した著者のデビュー作／第四十二回文藝賞受賞作。書き下ろし短篇収録！

ひとり日和

青山七恵

41006-7

二十歳の知寿が居候することになったのは、七十一歳の吟子さんの家。奇妙な同居生活の中、知寿はキオスクで働き、恋をし、吟子さんの恋にあてられ、成長していく。選考委員絶賛の第百三十六回芥川賞受賞作！

風

青山七恵

41524-6

姉妹が奏でる究極の愛憎、十五年来の友人が育んだ友情の果て、決して踊らない優子、そして旅行を終えて帰ってくると、わたしの家は消えていた……疾走する「生」が紡ぎ出す、とても特別な「関係」の物語。

かか

宇佐見りん

41880-3

うーちゃん、19歳。母（かか）を救うため、ある無謀な祈りを胸に熊野へ。第56回文藝賞、第33回三島賞受賞。世代を超えたベストセラー『推し、燃ゆ』著者のデビュー作。書下し短編「三十一日」収録。

ブラザー・サン　シスター・ムーン

恩田陸

41150-7

本と映画と音楽……それさえあれば幸せだった奇蹟のような時間。「大学」という特別な空間を初めて著者が描いた、青春小説決定版！　単行本未収録・本編のスピンオフ「糾える縄のごとく」＆特別対談収録。

泣かない女はいない

長嶋有 40865-1

ごめんねといってはいけないと思った。「ごめんね」でも、いってしまった。——恋人・四郎と暮らす睦美に訪れた不意の心変わりとは？　恋をめぐる心のふしぎを描く話題作、待望の文庫化。「センスなし」併録。

非色

有吉佐和子 41781-3

待望の名著復刊！　戦後黒人兵と結婚し、幼い子を連れNYに渡った笑子。人種差別と偏見にあいながらも、逞しく生き方を模索する。アメリカの人種問題と人権を描き切った渾身の感動傑作！

JR上野駅公園口

柳美里 41508-6

一九三三年、私は「天皇」と同じ日に生まれた——東京オリンピックの前年、出稼ぎのため上野駅に降り立った男の壮絶な生涯を通じ描かれる、日本の光と闇……居場所を失くしたすべての人へ贈る物語。

JR品川駅高輪口

柳美里 41798-1

全米図書賞受賞のベストセラー『JR上野駅公園口』と同じ「山手線シリーズ」として書かれた河出文庫『まちあわせ』を新装版で刊行。居場所のない少女の魂に寄り添う傑作。

JR高田馬場駅戸山口

柳美里 41802-5

全米図書賞受賞のベストセラー『JR上野駅公園口』と同じ「山手線シリーズ」として書かれた河出文庫『グッドバイ・ママ』を新装版で刊行。居場所のない「一人の女」に寄り添う傑作。

福袋

角田光代 41056-2

私たちはだれも、中身のわからない福袋を持たされて、この世に生まれてくるのかもしれない……人は日常生活のどんな瞬間に、思わず自分の心や人生のブラックボックスを開けてしまうのか？　八つの連作小説集。

ドレス

藤野可織

41745-5

美しい骨格標本、コートの下の甲冑……ミステリアスなモチーフと不穏なムードで描かれる、女性にまといつく“決めつけ”や“締めつけ”との静かなるバトル。わかりあえなさの先を指し示す格別の8短編。

改良

遠野遥

41862-9

女になりたいのではない、「私」でありたい――ゆるやかな絶望を生きる男が人生で唯一望んだのは、美しくなることだった。平成生まれ初の芥川賞作家、鮮烈のデビュー作。第56回文藝賞受賞作。

白い薔薇の淵まで

中山可穂

41844-5

雨の降る深夜の書店で、平凡なOLは新人女性作家と出会い、恋に落ちた。甘美で破滅的な恋と性愛の深淵を美しい文体で綴った究極の恋愛小説。第十四回山本周五郎賞受賞作。河出文庫版あとがきも特別収録。

感情教育

中山可穂

41929-9

出産直後に母に捨てられた那智と、父に捨てられた理緒。時を経て、母になった那智と、ライターとして活躍する理緒が出会う時、至高の恋が燃え上がる。『白い薔薇の淵まで』と並ぶ著者最高傑作が遂に復刊！

絶望キャラメル

島田雅彦

41870-4

「こんな時代に生まれてきたのが、悲しくてたまらないのです」――。破産寸前の地方都市を舞台に、破天荒な坊主と4人の天才高校生が暴れ回る！　時代を撃ち抜くディストピア青春小説。

カノン

中原清一郎

41494-2

記憶を失っていく難病の三十二歳・女性。末期ガンに侵された五十八歳・男性。男と女はそれぞれの目的を果たすため、「脳間海馬移植」を決意し、“入れ替わる”が!?　佐藤優氏・中条省平氏絶賛の感動作。

選んだ孤独はよい孤独

山内マリコ　41845-2

地元から出ないアラサー、女子が怖い高校生、仕事が出来ないあの先輩……“男らしさ”に馴染めない男たちの生きづらさに寄り添った、切なさとおかしみと共感に満ちた作品集。

そこのみにて光輝く

佐藤泰志　41073-9

にがさと痛みの彼方に生の輝きをみつめつづけながら生き急いだ作家・佐藤泰志がのこした唯一の長篇小説にして代表作。青春の夢と残酷を結晶させた伝説的名作が二十年をへて甦る。

きみの鳥はうたえる

佐藤泰志　41079-1

世界に押しつぶされないために真摯に生きる若者たちを描く青春小説の名作。新たな読者の支持によって復活した作家・佐藤泰志の本格的な文壇デビュー作であり、芥川賞の候補となった初期の代表作。

大きなハードルと小さなハードル

佐藤泰志　41084-5

生と精神の危機をひたむきに乗り越えようとする表題作はじめ八十年代に書き継がれた「秀雄もの」と呼ばれる私小説的連作を中心に編まれた没後の作品集。作家・佐藤泰志の核心と魅力をあざやかにしめす。

ブエノスアイレス午前零時

藤沢周　41324-2

雪深き地方のホテル。古いダンスホール。孤独な青年カザマは盲目の老嬢ミツコをタンゴに誘い……リリカル・ハードボイルドな芥川賞受賞の名作。森田剛主演、行定勲演出で舞台化！

あの蝶は、蝶に似ている

藤沢周　41503-1

鎌倉のあばら屋で暮らす作家・寒河江。不埒な人……女の囁きが脳裏に響く時、作家の生は、日常を彷徨い出す。狂っているのは、世界か、私か——『ブエノスアイレス午前零時』から十九年、新たなる代表作！

著訳者名の後の数字はISBNコードです。頭に「978-4-309」を付け、お近くの書店にてご注文下さい。